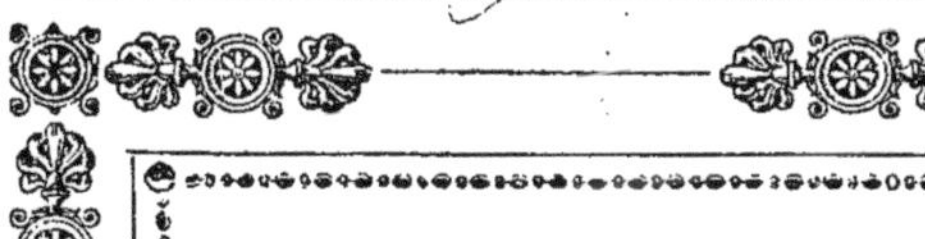

L'Alibi,

COMÉDIE

EN TROIS ACTES, EN VERS,

Par M. Alexandre de Longpré,

REPRÉSENTÉE POUR LA PREMIÈRE FOIS SUR LE THÉATRE-FRANÇAIS, PAR LES COMÉDIENS DU ROI,

LE 24 JUILLET 1833.

PRIX : 2 FRANCS.

PARIS.

BARBA, LIBRAIRE, AU PALAIS-ROYAL;
AMYOT, LIBRAIRE, RUE DE LA PAIX, N° 6.

—

1834.

L'ALIBI,

COMÉDIE.

PARIS. — IMP. DE CASIMIR, RUE DE LA VIEILLE-MONNAIE, N° 12,
près la rue des Lombards et la place du Châtelet.

L'ALIBI,

COMÉDIE

EN TROIS ACTES, EN VERS,

Par M. Alexandre de Longpré,

REPRÉSENTÉE POUR LA PREMIÈRE FOIS SUR LE THÉÂTRE-FRANÇAIS, PAR LES COMÉDIENS DU ROI,

Le 24 juillet 1833.

PRIX : 2 FRANCS.

PARIS.

BARBA, LIBRAIRE, AU PALAIS-ROYAL;
AMYOT, LIBRAIRE, RUE DE LA PAIX, N° 6.

1834.

PLACEMENT DES ACTEURS.

Au commencement de chaque scène, le nom des personnages est écrit dans l'ordre où le spectateur les voit. Le premier inscrit tient la droite des acteurs; il a le second inscrit à sa gauche, et ainsi de suite. Si un mouvement a lieu, un nouvel ordre de noms est aussitôt indiqué par un chiffre et établi en note au bas de la page.

PERSONNAGES.		ACTEURS.
Le Maréchal de SAXE.	MM.	DUPARAY. / COSSARD.
Le duc de RICHELIEU.		DAVID.
De LA POPELINIÈRE, fermier-général.		PERRIER.
De VAUCANSON, de l'académie des Sciences.		MONROSE.
BALOT, avocat.		SAMSON. / REGNIER.
LE COMMISSAIRE.		DAILLY.
UN CAPORAL DU GUET.		ARSÈNE.
UN LAQUAIS.		MONLAUR.
UN GARÇON DE THÉÂTRE.		
Madame de LA POPELINIÈRE, née DANCOURT.	Mesd.	BROCARD.
Madame de TENCIN.		MANTE.

PERSONNAGES MUETS.

Madame BALOT.

QUATRE HOMMES DU GUET, EN ARMES.

DES LAQUAIS, EN LIVRÉE.

La scène se passe à Paris, dans l'hôtel de M. de La Popelinière.

COSTUMES A LA LOUIS XV, EN 1748.

De la Popelinière : au premier acte, riche habit de cour; aux deux derniers, tenue de financier.

Madame de La Popelinière : au premier acte, tenue de bergère; aux deux derniers, habit de ville.

Richelieu : aux deux premiers actes, tenue de petite-maison; au dernier, riche habit de cour ou de ville. (Au besoin une seule tenue, la dernière.)

Le maréchal de Saxe : tenue de cheval.

Vaucanson : habit d'académicien.

Balot : habit d'avocat.

Le Commissaire : en robe.

Madame de Tencin : au premier acte, parure de bal; aux deux derniers, tenue de ville, au besoin une seule : ôter, pour les deux derniers actes, les accessoires de toilette de bal, et paraître en petit chapeau de ville, façon chapeau d'homme.

Madame Balot : en costume de ville.

L'ALIBI,

COMÉDIE.

ACTE PREMIER.

La scène se passe à l'hôtel de La Popelinière : on y joue la comédie ; il est onze heures du soir. Le cabinet de musique de madame de La Popelinière. Un meuble riche et élégant. Trois portes : une au fond, à deux battans, donnant sur une antichambre éclairée ; la seconde, à droite (chambre à coucher de madame de La Popelinière) ; enfin, la troisième à gauche, menant à un escalier. Au bas de la scène à droite, et à hauteur, à peu près, de la première coulisse, une cheminée antique, haute de six pieds, et richement historiée ; la plaque de cette cheminée est montée sur charnière, et tourne sur elle-même, à l'aide d'un pivot. Derrière cette plaque est le boudoir de la petite-maison de Richelieu ; au fond de ce boudoir, qui doit n'avoir que quelques pieds de plancher, une porte en face de l'ouverture de la cheminée. Vis-à-vis de cette cheminée, au bas de la scène, à gauche, et à hauteur de la première coulisse, une armoire à un seul battant, ornée d'une glace à l'extérieur, et construite à l'intérieur de façon qu'on puisse y placer une girandole garnie de deux bougies allumées, et qui doit être, au lever du rideau, posée sur une toilette qu'on aura soin de tenir le moins éloignée qu'il sera possible de l'armoire.

SCÈNE I.

Mme DE TENCIN, LA POPELINIÈRE.

(La Popelinière porte un riche habit de cour ; c'est le costume de son rôle dans la comédie qu'on est en train de jouer chez lui.)

Mme DE TENCIN.

Bien, La Popelinière ! on ne porte pas mieux
L'habit brodé, l'épée, à la cour... merveilleux !

Premier acte charmant! c'est de la comédie;
Nos beaux faiseurs du jour vont en maigrir d'envie.
Et puis, vous la jouez... à ravir. En un mot,
L'on pelote chez vous le comique tripot.
Et votre salle donc! vrai bijou, bonbonière!
Sans le déshonorer, on y jouerait Molière.
L'œil du maître partout! aussi tout est parfait :
Costume, mise en scène, intermède, ballet,
Tout. Et dans vos salons, que de magnificence!
L'Olympe est éclipsé, ce soir, par la finance.

LA POPELINIÈRE.

Madame de Tencin, auteur et financier,
Si j'étais sans orgueil, serais-je du métier?
Vous avez louangé ma prose et ma largesse,
Deux fois vous avez donc chatouillé ma faiblesse;
En revanche, deux fois je suis reconnaissant.
Mais, parlons sérieux : dans cet appartement,
(Le boudoir de ma femme, en ce moment en scène),
Un motif important fait que je vous amène :
Il s'agit d'elle.

Mme DE TENCIN.

Qui?

LA POPELINIÈRE.

Ma femme.... En m'imposant
La fille de Dancourt, d'un fardeau bien pesant
Vous avez accablé le reste de ma vie.

Mme DE TENCIN.

Je tombe de mon haut : chacun vous porte envie.

LA POPELINIÈRE.

C'est pitié! jour maudit, où l'on vint contre moi
Vous armer, abuser de votre bonne foi;
Vous jurer que j'avais, par un vil artifice,
A force de sermens, débauché la coulisse :
Où Monsieur de Fréjus, attendri jusqu'aux pleurs,
M'a forcé, disait-il, dans l'intérêt des mœurs,
D'opter entre ma charge et la plus rude chaîne
Qu'ait jamais pu forger la sotte espèce humaine!

Mme DE TENCIN.

De quoi vous plaignez-vous? votre bail finissait;
Sans moi, dans d'autres mains votre charge passait;
A force de prier, je vous l'ai conservée;
Votre fortune enfin, grâce à moi, fut sauvée....

LA POPELINIÈRE.

Et mon repos perdu. J'étais heureux, garçon.

Mme DE TENCIN.

Oh! la drôle d'histoire et la bonne raison!
C'est tout le monde çà, mon cher. Le mariage
Est un double lien dans lequel on s'engage,
Et jamais on n'a dit que ce fût très bouffon.
C'est votre faute aussi....

LA POPELINIÈRE.

Dites la vôtre.

Mme DE TENCIN.

Non;
Vous allez débaucher une jeune personne.

LA POPELINIÈRE.

Je n'ai rien débauché... rien.

Mme DE TENCIN.

Ah!... Ceci m'étonne.
La petite l'a dit.

LA POPELINIÈRE.

Toutes disent cela.

Mme DE TENCIN.

Feu Monsieur de Fréjus l'a cru... moi-même...

LA POPELINIÈRE.

Ah! ah!..

Mme DE TENCIN.

Oui!... bref, mon seul désir fut de vous être utile.
J'aime les gens d'esprit; or, rien n'est imbécille
Comme vos financiers : par hasard j'en trouve un,
A qui l'on reconnaît plus que du sens commun;
Eh bien! à l'obliger je me suis empressée,
Et m'en voilà par lui fort bien récompensée.
Après tout, vivre deux est-ce un si grand malheur?

LA POPELINIÈRE.

Vivre deux! non; mais trois!.. c'est par trop de bonheur.

Mme DE TENCIN.

Comment, trois! eh qui donc le troisième?

LA POPELINIÈRE.

Le diable.

Mme DE TENCIN.

Il est un peu partout.

LA POPELINIÈRE.

J'entends le véritable :
Le duc de Richelieu!

Mme DE TENCIN.

Voilà bien les maris!
Au nom d'un homme aimable, ils jettent les hauts cris..
Peureux!..

LA POPELINIÈRE, tirant une lettre de sa poche.

(Il lit.)

Eh bien! jugez : « Bien, La Popelinière!
« A force de hanter chevaliers de haut lieu,
« Te voilà quelque chose... honneur à ta bannière!
« Honneur à toi! plaisir au duc de Richelieu. »
Eh bien! Qu'en dites-vous?

Mme DE TENCIN. (Elle regarde le bas de la lettre que La Popelinière lui donne.)

Je dis qu'un anonyme
De méchanceté plate est le plat synonyme;
Et puis, je ne vois pas jusqu'ici quel grand mal...

(Elle rend la lettre.)

LA POPELINIÈRE.

Non ! (Il lit.) « A lui seul, le jour, tu consignes ta porte,
« Et la nuit, quand tu dors loin du lit conjugal,
« Il vient... si tu voyais quel panache il t'apporte! »
Est-ce clair, cette fois ?

Mme DE TENCIN.

Oui, cela se comprend.

LA POPELINIÈRE.

Ah !

Mme DE TENCIN.

Mais je n'en crois pas le premier mot !

LA POPELINIÈRE.

Comment ?

Mme DE TENCIN.

Eh non ! Ne voyez-vous pas bien que c'est un conte ?
Avec le duc, d'ailleurs, est-ce que cela compte ?
Ne pouvant l'échapper, n'est-on pas convenu
De regarder le cas comme non-avenu,
Et de ne jamais rire aux dépens des confrères
Dont le duc, pour chasser, aurait choisi les terres ?

LA POPELINIÈRE.

Oui, comme qui dirait à peu près grand-veneur.
Sa visite nous fait à tous bien de l'honneur...

Mme DE TENCIN.

A propos, on vous dit d'humeur fort braconnière;
Représailler chez vous serait de bonne guerre.
Au fait, si c'était vrai tout ce que l'on m'a dit,
Écoutez donc, mon cher, ce serait pain bénit.

LA POPELINIÈRE, avec ironie.

L'astre pâlit, parcourt sa cinquante-deuxième.

Mme DE TENCIN.

Chez Richelieu les ans ont-ils donc un quantième?
N'est-il pas toujours jeune?

LA POPELINIÈRE.

Hum! je suis son aîné
De quatre ans, et, depuis que l'on m'a promené,
Ma Parque a bien filé jusqu'au jour où nous sommes!

Mme DE TENCIN.

Soit; mais il est encor le plus charmant des hommes;
Jeune ou vieille en raffole.... En vérité, je ris :
Je veux vous rassurer, et double vos soucis.

LA POPELINIÈRE.

Oh! ma foi non, madame; ils ont comblé mesure,
Et je nage à pleins flots dans la mésaventure.

Mme DE TENCIN.

Voyez-le donc : pour rien comme il se bat les flancs :
Pour quelques mauvais vers qu'il a lus!.. le bon sens

Aux gens de plus d'esprit fera donc toujours faute !
Aux yeux de tout le monde eh ! pourtant cela saute :
On vous sait accessible aux sentimens jaloux ;
Eh bien ! mon cher ami, l'on se moque de vous,
On vous fait de ces peurs qu'en tout temps on vit faire
Aux maris affligés du mal imaginaire ;
C'est à qui leur tendra le plus méchant panneau.
Allons, battez de l'aile, et revenez sur l'eau.

UN GARÇON DE THÉÂTRE, criant du dehors à la porte.

Deuxième acte qui va commencer.

LA POPELINIÈRE, à Mme de Tencin.

J'entre en scène.

Mme DE TENCIN.

Vous jouez un jaloux, vous devez être en veine.
Mais ne vous cassez plus la tête de si peu.
Au feu ce papier-là !

LA POPELINIÈRE.

Non.

Mme DE TENCIN.

A propos de feu,
Pourquoi n'en fait-on pas dans cette cheminée ?

LA POPELINIÈRE.

Elle n'a, m'a-t-on dit, pas été ramonée....
Mais serviteur, madame, on m'attend.

(Il sort par le fond.)

SCÈNE II.

Mme DE TENCIN seule.

Cet écrit
S'il disait vrai! j'en tremble... il est tout déconfit,
Tout je ne sais comment, ce pauvre homme; aussi, dame!
Quand on a peur, on veille aux côtés de sa femme;
S'il est vraiment jaloux, qu'il fasse son métier!
Mais monsieur couche en haut, et madame au premier,
Tant pis!.. nos bons aïeux étaient cent fois plus sages:
Ils ne faisaient qu'un lit. Deux lits font deux ménages.

SCÈNE III.

Mme DE TENCIN, Mme DE LA POPELINIÈRE.

(Mme de la Popelinière est en Galathée; elle cache dans une de ses poches un billet qu'elle lisait, et s'arrête. Entrée par le fond.)

Mme DE LA POPELINIÈRE.

(A part.)
Madame de Tencin! quelle importunité!

Mme DE TENCIN.

Ah! vous voici, ma belle?

Mme DE LA POPELINIÈRE.

(A part, regardant la cheminée.)
Et de l'autre côté
Le duc s'impatiente.

Mme DE TENCIN.

Approchez donc, mon ange...
Qu'avez-vous ?

Mme DE LA POPELINIÈRE, s'avançant.

Rien.

Mme DE TENCIN.

Peut-être aussi je vous dérange.

Mme DE LA POPELINIÈRE.

(A part.) (Haut.)
Si j'osais lui dire oui. Vous, madame, jamais.

Mme DE TENCIN.

Eh bien ! asseyez-vous.

Mme DE LA POPELINIÈRE.

M'asseoir !

Mme DE TENCIN.

Oui ; car j'aurais
Quelques mots à vous dire... assise donc, assise,
Mon cœur : si je vous gêne, alors de la franchise,
Dites-le, je m'en vais.

Mme DE LA POPELINIÈRE.

Mais, me voilà..... j'attends.

Mme DE TENCIN.

Vous attendez !.. qui ?

Mme DE LA POPELINIÈRE.

Vous!.. qui donc?

Mme DE TENCIN.

(Ironique.)

Bien! je comprends.

(Sérieuse.)

Savez-vous, mon enfant, que La Popelinière,
S'il est content de vous, paraît ne l'être guère?
Se plaignant tout-à-l'heure, et de verte façon,
(Très verte), il m'a fait part d'un fort vilain soupçon...
Est-ce que, par hasard, vous ne seriez pas sage?

Mme DE LA POPELINIÈRE.

Mais je ne comprends pas... quel singulier langage!

Mme DE TENCIN.

A merveille! je vois que j'ai parlé français.
Hé bien?

Mme DE LA POPELINIÈRE.

En vérité....

Mme DE TENCIN.

Quoi?... si je vous disais
Que je sais...

Mme DE LA POPELINIÈRE.

Vous savez?...

Mme DE TENCIN.

Que Richelieu vous aime;
Que vous l'aimez.

Mme DE LA POPELINIÈRE.

C'est faux..... Qui dit cela?

Mme DE TENCIN.

Vous-même.
Croyez-vous me donner le change par hasard,
Votre rougeur d'un pied déborde votre fard....
Il entre ici la nuit.... Hein? répondez-moi vite.

Mme DE LA POPELINIÈRE.

Ah! c'est bien faux, madame.

Mme DE TENCIN.

Oh! bien vrai, ma petite.
Prenez-y garde, au moins; votre mari m'a lu
Certain avis qu'il a tout-à-l'heure reçu;
Et la chose irait loin, s'il vous prenait ensemble;
La séparation s'ensuivrait..... Il me semble
Que (votre honneur à part) vous perdriez beaucoup:
Une fortune immense, un rang, en un mot, tout.
Puis, vous devez songer que votre mariage
Ne se fût jamais fait sans moi. Mon patronage
M'engage autant que vous, ma belle.... vous sentez
Qu'en vous compromettant, vous me compromettez.
J'aime bien mes amis; pour eux je suis toute ame;

J'ai ma part de défauts, mais je suis bonne femme.
Ainsi, dites-moi tout.

Mme DE LA POPELINIÈRE.

Tout.... si je ne sais rien?

Mme DE TENCIN.

Savoir est charmant!

Mme DE LA POPELINIÈRE.

Mais....

Mme DE TENCIN, piquée de son peu de confiance.

Non... c'est bien, c'est très bien.

Mme DE LA POPELINIÈRE.

Ce charitable avis, d'où vient-il, je vous prie?

Mme DE TENCIN.

La lettre est anonyme.

Mme DE LA POPELINIÈRE.

Infame calomnie!

Mme DE TENCIN, à part.

Ah! l'aplomb lui revient.

Mme DE LA POPELINIÈRE, vivement, comme par réminiscence.

Oh!.. mon dernier couplet
Qui s'est de ma mémoire échappé tout-à-fait,

Et vers la fin de l'acte il faut que je paraisse !

Mme DE TENCIN.

(A part.) (Haut.)

Elle l'attend... par où ? nous verrons... je vous laisse.
Tâchez de ressaisir le couplet échappé ;
Oh ! vous allez l'avoir bien vite rattrapé.
Au revoir, ma mignonne....

(Elle s'éloigne ; Mme de La Popelinière veut la reconduire ; Mme de Tencin l'en empêche.)

Oh ! non : à votre affaire...
Le couplet tout de suite, ou bien j'en désespère.
(Instances de Mme de La Popelinière.)
Le couplet !... le couplet, vous dis-je !.. il reviendra.
Allons... (Elle la pousse doucement et sort.)

Mme DE LA POPELINIÈRE seule. Elle écoute près de la porte les pas de Mme de Tencin.

Part-elle ? oui.

(Elle entre dans le cabinet à gauche, le visite, puis entre dans l'autre ; Mme de Tencin, qui a entr'ouvert la porte du fond, se glisse dans le cabinet de gauche déjà visité, et Mme de La Popelinière, après être sortie du second cabinet (celui de droite), dit :)

..... Bien !

(Elle va verrouiller la porte du fond, et dit :)

Personne n'entrera.

(Mme de Tencin se tient aux écoutes à la porte latérale gauche. Mme de La Popelinière frappe trois coups dans sa main près de la cheminée ; le panneau tourne, et Richelieu paraît.)

SCÈNE IV.

RICHELIEU, Mme DE LA POPELINIÈRE, Mme DE TENCIN aux écoutes, et plus tard LA POPELINIÈRE.

RICHELIEU, sur le seuil de la cheminée, à Mme de La Popelinière.

(S'approchant d'elle.)

Bien! ne vous gênez pas... Mais vous êtes charmante;
Non, bergère jamais ne fut plus ravissante,
Et, malgré qu'on en ait, n'y pouvant résister,
De la plus mince excuse il faut se contenter.

Mme DE LA POPELINIÈRE.

Excuse! hé de quoi donc!

RICHELIEU.

De m'avoir fait attendre.

Mme DE LA POPELINIÈRE.

En vérité, monsieur, que votre accueil est tendre!

RICHELIEU.

Hé! je mourais d'ennui, là dans ce cabinet,
Seul, comme un prisonnier d'état mis au secret.
Un cabinet garni! c'est la plus sotte chose;
A moins d'être poète, et je fais de la prose.

Mme DE LA POPELINIÈRE.

Vous me parlez d'excuse! il vous sied bien vraiment,
A vous, de me tenir ce langage!

RICHELIEU.

Comment?

Mme DE LA POPELINIÈRE.

Il vient de recevoir une lettre anonyme.

RICHELIEU.

Il..... qui?

Mme DE LA POPELINIÈRE.

Lui! vous savez.

RICHELIEU, souriant.

Ah! bien.

Mme DE LA POPELINIÈRE.

Il sait mon crime:
Je suis déshonorée.

RICHELIEU.

Est-ce vous qui parlez?
Déshonorée! un crime! ah! vos sens sont troublés.
C'est un abus de mots étrange, inconcevable!
Un crime, avez-vous dit? Non, ce n'est pas croyable.

Mme DE LA POPELINIÈRE.

Enfin, je lui dois tout; et, malgré mes ennuis,
Je reconnais encor qu'il m'a mise où je suis.
J'étais comédienne.

RICHELIEU.

Hé bien ! comédienne !
Mais ça vaut mille fois votre classe moyenne.
Ça vaut une duchesse ; oui, d'honneur !.. même rang;
De pair, ça marche après les princesses du sang.
C'est donc lui qui vous doit, et vous pas une obole ;
Non : pas même l'argent qu'il vous donne... il le vole.
C'est un si bon métier de faire des zéros !
Ça ne coûte pas cher, et ça rapporte gros.....
. . . .
. . . .
C'est étriqué, mesquin, vos mœurs de bourgeoisie !
Chez nous qu'une femme aime, elle se sacrifie ;
Qu'on veuille l'arrêter, lui causer des chagrins,
Son bonnet est bientôt par-dessus les moulins.
Le mari fait du bruit, mon Dieu ! c'est tout de même :
« *Arrangez-vous, monsieur, mais il faut que je l'aime*,
Dit-elle. Alors monsieur se tait, ou dit : « *C'est bien*,
S'en va de son côté, puis madame du sien.
Cela bien établi, la balance est égale,
Et de cet ordre naît l'union conjugale ;
Voilà !... mais ces bourgeois, espèce de brutaux,
Ils ne comprennent pas.... c'est comme des chevaux !
Pourtant ça mange à table !.. alors dans le ménage
C'est un enfer, on crie, on s'emporte, on s'outrage :
Mais au mot *commissaire*, aux pieds de son seigneur
L'esclave est prosternée, et ce manque de cœur,
Quand il fallait s'armer de toute sa défense,
Fait que même en amour on sent la différence.

Entre le comme il faut et ce qui ne l'est pas,
On part, et le regret d'avoir perdu ses pas
Est le plus grand de ceux qu'avec soi l'on emporte;
Aussi, par ses laquais fait-on marquer la porte,
Pour pouvoir, à dix pas, reconnaissant la croix,
Faire à temps rebrousser son cocher, si parfois
L'animal, du Seigneur pataugeant dans la vigne,
Oubliait sur son siége équilibre et consigne.

. . . .

. . . .

Ah çà, dites-moi donc, cet avis clandestin,
Qui vous en a fait part?

Mme DE LA POPELINIÈRE.

Madame de Tencin.

RICHELIEU.

La Tencin !.. la Tencin! oh! la bonne gazette!
Sous sa coiffe de nuit elle a tout pris.... Sornette!
Bah! pour savoir le vrai l'on a plaidé le faux.
Ah! double fine mouche, on sait ce que tu vaux.

Mme DE LA POPELINIÈRE.

Mais elle vaut beaucoup : elle est fort respectable.

RICHELIEU.

Je la respecte aussi beaucoup, la vénérable!
Et, puisque vous m'avez sur son compte amené,
D'un seul trait, la voici : c'est Satan incarné.
Mais riche, et jugeant bien l'époque et sa morale,

Elle s'est presque fait canoniser Vestale,
Et, comme la Geoffrin, tient un bureau d'esprit,
Où tout ce que Paris renferme d'érudit,
D'abbés, de colonels, se réunit en foule :
On y lit prose ou vers, on déclame, on roucoule,
On danse, on mange, on boit, on fait un peu de tout,
Même l'amour, et, par parenthèse, beaucoup.
Les femmes qu'on y voit ne sont pas trop communes;
J'en pourrais citer même, au besoin, quelques-unes
Que dans un autre monde on reverrait après :
Maison d'enchantemens, de petits cabinets,
De violons, de jeux, de chanteurs, de danseuses,
D'académiciens, de fats, de précieuses,
De mouches, de carmin, de poudre et de paniers....
A ce prix, vous sentez qu'à livres, sols, deniers,
On rachète aisément ses écarts de jeunesse,
Et que toujours on fut un dragon de sagesse.

Mme DE LA POPELINIÈRE.

C'est d'un impertinent...

RICHELIEU.

Hé bien! impertinent!
Qui vous dit non? à l'être on gagne cent pour cent.
Soyez impertinente, et vous serez un ange.

Mme DE LA POPELINIÈRE.

Vous devez être alors pour le moins un archange.

RICHELIEU.

Ne parlons pas de moi : mon tour d'Europe est fait,

Et le vôtre est à faire. Un autre admirerait ;
J'aime mieux critiquer.... ce La Popelinière,
Homme d'esprit, dit-on, vous style à sa manière :
Eh bien ! c'est détestable ! Osez-lui dire *non*,
Aussitôt vous verrez qu'il baissera d'un ton.
Mais soutenez le vôtre : ayez, pour vous défendre,
Un *je veux* qui l'étonne, et le force à vous rendre
Ce qu'il vous a volé de votre liberté,
L'oblige à partager d'abord l'autorité,
Puis, à vous la laisser par degrés tout entière ;
Alors vous sortirez franchement de l'ornière ;
Quand viendront vos amis, ils viendront sans détour,
Et l'on pourra se faire annoncer au grand jour.
Du moins on entrera comme ailleurs : par la porte.
Au fait, il est piquant qu'un homme de ma sorte,
Un duc et pair enfin, à part tout son bonheur,
Vienne faire à tâtons sa cour en ramoneur.

Mme DE LA POPELINIÈRE.

Vous mettez tant de grâce aux choses que vous dites,
Cher duc, en vérité, qu'elles sont bien petites,
Les colères qu'on prend dans son cœur contre vous,
Et que bientôt soi-même on rit de son courroux.

RICHELIEU.

Vous revoilà pourtant ! c'est bien vous : toute aimable,
Toute spirituelle, et toujours adorable !...

LE GARÇON, du dehors.

A madame d'entrer.

Mme DE LA POPELINIÈRE.

(Haut, à la cant.) (Bas à Richelieu.)

Chut!.. J'y vais... je reviens...
Même signal.

LA POPELINIÈRE, du dehors.

Ouvrez!

Mme DE LA POPELINIÈRE, très bas à Richelieu, et effrayée.

(Haut, à la cantonade.)

Ciel! mon mari... je viens.

RICHELIEU, bas à Mme de La Popelinière, gaîment.

Dam! l'auteur!...

Mme DE LA POPELINIÈRE, haut, à la cantonade.

Une épingle à mettre sur ma tête.

RICHELIEU, riant.

Une épingle!.... adorable!...

(Il lui baise la main et s'esquive par la cheminée, dont il referme le panneau.)

LA POPELINIÈRE, du dehors.

Hé bien!...

Mme DE LA POPELINIÈRE, courant vers la porte.

Oui, je suis prête.

(Elle ouvre la porte du fond et sort.)

SCÈNE V.

Mme DE TENCIN seule; elle sort du cabinet de gauche.

Bravissimo, cher duc, vous crayonnez fort bien;
A chacun son talent : la vengeance est le mien....

(Prenant la girandole et la portant dans l'armoire, qu'elle referme. Nuit de la rampe.)

Je l'aime presque encor, l'insolent!.. quel dommage!
Avoir vingt ans au cœur, et quarante au visage!

(Allant vers la cheminée.)

Le Ciel les a comblés, ces hommes!.... le printemps
Dure si peu pour nous, et pour eux si long-temps!

(Elle frappe trois coups dans sa main, et s'éloigne vers la gauche. Richelieu paraît un moment après.)

SCÈNE VI.

RICHELIEU, Mme DE TENCIN.

(Mme de Tencin tousse doucement.)

RICHELIEU s'approche d'elle, et la prenant pour Mme de La Popelinière.

Quel fortuné hasard si vite vous ramène?

Mme DE TENCIN, contrefaisant la voix de Mme de La Popelinière.

(A part.) (Bas.)
Bon!.. Il n'était plus temps, on a passé ma scène.

RICHELIEU, lui prenant la main.

Votre main.... qu'elle est douce!

Mme DE TENCIN.

(A part.) (Demi-haut.)

A ravir ! dites-moi :
Pouvant venir la nuit dans ma chambre, pourquoi... ?

RICHELIEU, touchant la robe de Mme de Tencin.

Suis-je venu ce soir ?.... pour te voir en bergère....
Je vous l'avais écrit.... Quelle gaze légère !
Tenez, je vois dans l'ombre...

Mme DE TENCIN.

Oui ! vous avez des yeux
De...

RICHELIEU.

Lynx !... Charmant bouquet..!

Mme DE TENCIN, minaudant, et lui retenant la main.

Ah ! de grâce...

RICHELIEU.

Et ces nœuds...

Mme DE TENCIN, prenant un air boudeur.

Encore !....

RICHELIEU, d'un ton leste.

Et puis, la nuit, tout dort : c'est monotone...
L'autre qui couche au diable !.. On n'a peur de personne...
Je suis ainsi fait, moi : je hais le calme plat ;
J'adore la tourmente.... il me faut....

Mme DE TENCIN.

De l'éclat ?

RICHELIEU.

De l'éclat ! non : c'est trop, mais j'aime les alarmes ;
Le qui-vive, en amour, a pour moi mille charmes,
Et, si je ne sens pas, là tout près, l'ennemi,
(Entrée de Mme de La Popelinière par le fond. Elle écoute.)
Je ne suis pas heureux, ou ce n'est qu'à demi....
(Doucereux.)
De l'être tout-à-fait maintenant il me tarde....

SCÈNE VII.

Mme DE LA POPELINIÈRE, RICHELIEU, Mme DE TENCIN.

Mme DE LA POPELINIÈRE, au fond de la scène, à droite.

Ciel !...

RICHELIEU, stupéfait, à Mme de Tencin.

Ce cri... c'est elle.

Mme DE TENCIN, ironique.

Oui.

RICHELIEU.

Qui donc est là ?

Mme DE TENCIN, ouvrant l'armoire, et reprenant sa voix.

Regarde.

(La rampe se lève.)

Mme DE LA POPELINIÈRE, à part.

(Se sauvant à droite, chez elle.)
Madame de Tencin !

RICHELIEU, à part.

Joué sous jambe !

Mme DE TENCIN, à Richelieu, se moquant de lui.

Hé bien !

RICHELIEU, à part.

Reprenons nos aplombs.

Mme DE TENCIN.

Vous commenciez si bien.

RICHELIEU.

Vouloir me prendre au piége, avec ma barbe grise,
Comme un jeune cadet qu'un jupon volcanise !
C'est trop, mon émérite... on se venge des gens,
Soit : mais cartes sur table, et non par guet-apens.
(Quasi-effrayé.)
Si l'on me surprenait en pareil tête-à-tête !....

Mme DE TENCIN.

Après ?

RICHELIEU.

Elle est charmante !... on croirait....

Mme DE TENCIN.

Malhonnête !

RICHELIEU.

Cela vous pique donc? hein? à bon chat, bon rat...
Mais j'ai peur qu'on ne vienne.

Mme DE TENCIN.

Ah ! vous êtes un fat !

RICHELIEU.

Fat ! mais je suis ravi, fier qu'ainsi l'on me nomme.
Un fat, en bon français, veut dire un aimable homme ;
C'est pourquoi je m'en vas.. Recevez mes adieux.

Mme DE TENCIN.

Vous n'avez pas toujours dit de même.

RICHELIEU.

C'est vieux :
Ne parlons plus de ça.

SCÈNE VIII.

RICHELIEU, Mme DE TENCIN, LA POPELINIERE en dehors, et plus tard BALOT.

LA POPELINIÈRE, appelant du dehors.

Balot !

Mme DE TENCIN, bas à Richelieu.

Chut!... là derrière,
Entendez-vous?...

LA POPELINIÈRE, du dehors.

Viens donc!

RICHELIEU, bas.

C'est La Popelinière,
Dieu me damne!

Mme DE TENCIN, à Richelieu.

Lui-même... Éteignons.... Sauvez-vous.

(Elle éteint les bougies. Nuit. Richelieu se sauve vers la cheminée.)

Pas d'imprudence au moins!.. Allons, y sommes-nous?
Hein?

RICHELIEU.

Oui.

(Il rentre aux trois quarts chez lui. Mme de Tencin se tient à l'écart, à gauche.)

LA POPELINIÈRE, tout près de la porte, encore dehors, s'adressant à Balot.

(Ouvrant la porte, et ayant Balot derrière soi.)

Deux mots, mon cher. Tiens! c'est assez bizarre :
Point de lumière ici... mais je te crîrai : Gare!

BALOT.

Tu ne feras pas mal, mon cher, car il fait noir,
Noir en diable ici.

LA POPELINIÈRE.

Viens... Balot, [1] crois-tu pouvoir

[1] Richelieu, Balot, La Popelinière, Mme de Tencin.

Cacher, même à ta femme, un secret d'importance?

BALOT.

Par exemple! tu peux compter sur mon silence.
(A part.)
Il a lu mon billet.

LA POPELINIÈRE.

Eh bien! je suis trahi :
Ma femme est infidèle.

BALOT.

Ah, bah! quel conte! fi!

LA POPELINIÈRE.

Richelieu l'a séduite.
(Richelieu sort de la cheminée et prête plus d'attention.)

BALOT.

Ah! c'est une autre affaire;
Il en manque fort peu, le satané corsaire.
(A part.) (Haut.)
Elle m'a dédaigné, travaillons-la. Dis-moi,
Tu n'as que des soupçons?...

LA POPELINIÈRE.

J'ai mieux.

BALOT, avec un faux air d'intérêt.

Puisque c'est toi
Qui me mets sur la voie, et que tu sais la chose,
Je te dirai, mon cher... mais non...

LA POPELINIÈRE.

Parle.

BALOT.

Je n'ose.

LA POPELINIÈRE.

Allons, parleras-tu?

BALOT.

Le cas est délicat,
Délicat s'il en fut, et je suis avocat.

LA POPELINIÈRE.

Ouvre la bouche alors, mais sois bref.

BALOT.

Il me semble
Que ma femme, un matin que nous causions ensemble,
M'a dit avoir appris, je ne sais en quel lieu,
Que la tienne en secret recevait Richelieu.

LA POPELINIÈRE.

(A part.) (Haut.)
Voilà! La nuit?

BALOT.

La nuit... que Richelieu lui-même
En faisait peu mystère... Au reste on sait qu'il aime,
Comme les gens de cour, à narrer ses exploits,
Et que dans son cynisme insolent, discourtois,
Si la femme n'est pas, comme il dit, à sa toise,
Il nomme la prouesse escarmouche bourgeoise.

RICHELIEU, à part.

Oh! madame Balot, et toi, son cher mari,
Vous me le paîrez cher!

LA POPELINIÈRE.

Écoute, mon ami :
Je puis compter sur toi, n'est-ce pas ?

BALOT.

A la vie,
A la....

LA POPELINIÈRE, l'interrompant.

Non : à dîner demain je te convie.

BALOT.

Ah !

LA POPELINIÈRE.

Vers onze heures.

BALOT.

Soit.

LA POPELINIÈRE.

Amène Vaucanson ;
J'aurai besoin de lui : c'est un brave garçon,
Et je ne doute pas, s'il le peut, qu'il ne vienne.

BALOT.

Vaucanson, m'as-tu dit !.. quelle idée est la tienne ?
Il est aux trois quarts fou, l'académicien !
Tire-le de son art, tu n'en auras plus rien.

LA POPELINIÈRE.

Son art précisément me sera nécessaire.

(Bas.) (Haut.)
C'est du duc qu'il s'agit... Mais à demain l'affaire.
Rentrons. (Il l'emmène.)

BALOT, l'arrêtant et l'attirant vers la droite, près de la cheminée. Ils sont tout près l'un de l'autre.

Je voudrais voir quatre de tes laquais
Lui donner sur les reins à ce duc! j'apprendrais
A ces grands voleurs-là que ma femme est ma femme,
Et, quand on me la prend, comme je la réclame.

LA POPELINIÈRE, faisant un demi-à-droite.

Hum! qui me tirerait, après, du mauvais pas?

BALOT, faisant un demi-à-gauche.

Moi! tu sais quand je plaide...

LA POPELINIÈRE.

On ne t'écoute pas.
On dort... Puis plaide-t-on?.. la Bastille et ma ferme,
Vois-tu l'une s'ouvrir, et l'autre qui se ferme?

BALOT, faisant un geste significatif.

Du bois vert!

(Richelieu, qui s'est approché de Balot, le pousse; Balot va donner du nez contre le visage de La Popelinière, son vis-à-vis.)

Oh! le nez.

LA POPELINIÈRE, ne sachant ce que cela signifie, et repoussant Balot.

Ah çà mais, es-tu fou?
Prends donc garde!

(Balot s'est retourné machinalement vers Richelieu. Mme de Tencin, qui s'est rapprochée, saisit Balot par la basque de son habit.)

BALOT, effrayé.

Au secours!

LA POPELINIÈRE, très haut, pour être entendu du dehors.

des flambeaux!

(Il va vers la porte. Mme de Tencin donne à Richelieu le temps de rentrer, puis laisse le pan d'habit de Balot, qui court vers la cheminée. Richelieu a disparu et fermé le panneau.

Mme DE TENCIN, faisant la grosse voix. A Balot qui est entré dans la cheminée.

Casse-cou!

(La rampe se lève. La Popelinière est à la tête de ses gens qui tiennent des flambeaux : il voit avec étonnement Mme de Tencin qui s'est assise sur un fauteuil, près de la cheminée, et qui le regarde avec un sang-froid comique.)

LA POPELINIÈRE.

Vous, madame! comment, seule ici sans lumière?

Mme DE TENCIN.

Quoi! seule?... on dirait presque une noce... derrière :
Voyez donc!

LA POPELINIÈRE.

Et Balot?

Mme DE TENCIN, montrant la cheminée.

Regardez là... blotti
Comme un lièvre en son gîte et le nez aplati,
Comme un Hulland de Saxe.

LA POPELINIÈRE, gaîment à Balot, allant le tirer de la cheminée.

Hé! viens donc, qu'on te voie.

LE GARÇON, du dehors.

Le trois va commencer!

LA POPELINIÈRE, ramenant Balot qui a le visage noirci par la suie.

(A ses gens, leur montrant Balot.)

De l'eau!.. qu'il se nettoie.

(Mme de Tencin et La Popelinière rient aux éclats; Balot fait d'abord la grimace, puis rit aussi; alors le fou rire prend maîtres et valets. Le rideau tombe.

FIN DU PREMIER ACTE.

ACTE DEUXIÈME.

Même décor. Il fait jour [1]. On entend sonner onze heures.

SCÈNE I.

LA POPELINIÈRE, UN DOMESTIQUE, ET PLUS TARD BALOT.

(Le domestique en scène, au lever du rideau, frappe à la porte de Mme de La Popelinière, chez laquelle est son mari.)

LA POPELINIÈRE, sortant de la chambre de sa femme.

Qu'est-ce ?... Quoi de nouveau ?

LE DOMESTIQUE.

Madame de Tencin
Demande à voir madame.

LA POPELINIÈRE, brusquement.

Elle est malade.

LE DOMESTIQUE.

Enfin,
Monsieur, ferai-je entrer ?

[1] Pendant l'entr'acte, on doit baisser la rampe, et, un peu avant le lever du rideau, la rehausser, pour indiquer l'intervalle qui sépare la nuit du jour.

LA POPELINIÈRE, après avoir réfléchi.

Oui, dis-lui qu'elle monte.

LE DOMESTIQUE.

Cela suffit. (Il s'incline, et sort par le fond.)

LA POPELINIÈRE, à part soi.

Malade ! A d'autres pareil conte !
Ma chère, on vous devine... Ah ! nous verrons !

(A Balot qui est dans la chambre à gauche, vis-à-vis de celle de Mme de La Popelinière.)

Hé bien!

BALOT, s'avançant sur le seuil de la porte de la chambre, à gauche.

J'ai beau chercher; ma foi, je ne découvre rien.

LA POPELINIÈRE.

Courage, mon ami, de la persévérance !
Retourne tout, partout; tu dois trouver... Silence!
Madame de Tencin. (Balot rentre dans la chambre à gauche.)

LE DOMESTIQUE, annonçant.

Madame de Tencin. (Il sort.)

SCÈNE II.

Mme DE TENCIN, LA POPELINIÈRE.

Mme DE TENCIN.

C'est donc un château-fort votre hôtel, ce matin !
Pour s'introduire, il faut presque employer la ruse.
Si chez vous de la sorte avec moi l'on en use,

Avec vos ennemis comment donc ferez-vous?
Allons, regardez-moi d'un œil un peu plus doux :
Je viens vous consoler, vous offrir mes services,
Et vous me boudez.... Ah!

LA POPELINIÈRE.

Gardez vos bons offices,
Madame de Tencin ; pour moi, je n'en veux plus :
C'est bien assez de ceux que vous m'avez rendus.

Mme DE TENCIN.

C'est fort maussade, au moins, tout ce que vous me dites.

LA POPELINIÈRE.

Ce que vous m'avez fait... Ma foi, nous sommes quittes.
Me voilà bien loti!

Mme DE TENCIN.

Vous êtes fou.... Voilà,
Mon cher, ce qu'à mes yeux vous êtes.

LA POPELINIÈRE.

C'est cela!
L'on est fou, justement quand on cesse de l'être.
Ma femme se conduit honnêtement peut-être?

Mme DE TENCIN.

Je viens pour en juger, et donner, comme on doit,
Tort à qui le mérite et raison au bon droit.
Impartialité sera donc ma devise :
Qu'il me soit démontré que je me suis méprise,

Et soudain j'abandonne à son malheureux sort
Celle à qui j'ai porté tant d'intérêt d'abord.

LA POPELINIÈRE.

Entre eux jamais les loups ne se mangent, madame.
Rivalités à part, même instinct chez la femme :
Esprit de corps terrible, éminemment cervier!
A l'une qui s'en prend, s'en prend au corps entier...
Mais j'accepte votre offre; oui, j'accepte, à la lettre,
Tout ce que vous venez ici de me promettre :
D'abord de sa migraine il faut me la guérir :
C'est un mal de commande, un mal qu'on fait venir
Ou partir, quand on veut ou qu'il vienne, ou qu'il parte.

Mme DE TENCIN.

Mais...

LA POPELINIÈRE.

Tout raisonnement là-dessus, je l'écarte :
Qu'elle se porte bien, voilà ma volonté ;
Puis, comme il fut hier entre nous projeté,
Jusqu'aux Sablons je veux que son cocher la mène.
Le maréchal de Saxe aujourd'hui dans la plaine
Doit, après la revue, exercer ses Hullands :
Elle a voulu les voir... A mon tour, je prétends,
Je veux que sur-le-champ elle monte en voiture.

Mme DE TENCIN, à part.

Voilà qui prend, ma foi, fort vilaine tournure!
(Haut.)
Quel singulier caprice!

LA POPELINIÈRE.

Oui, comme il vous plaira,
Madame ; mais j'ai dit qu'elle irait, elle ira.

Mme DE TENCIN.

Puisque, chez vous, *je veux* est un mot sans réplique,
On exécutera votre ordre tyrannique.
(Elle sort et va chez Mme de La Popelinière, à droite.)

LE DOMESTIQUE, annonçant.

Monsieur de Vaucanson. (Il sort.)
(Entrée de Vaucanson.)

SCÈNE III.

LA POPELINIÈRE, VAUCANSON [1].

LA POPELINIÈRE, allant au-devant de Vaucanson.

De ton empressement
Je suis on ne peut plus touché, reconnaissant.
Dis-moi, cher Vaucanson, toi qu'on nomme un génie,
Et qui l'es en effet...

VAUCANSON.

Passe outre : je le nie.
Eh! toi-même partout ne dis-tu pas tout haut
Que, ma science à part, je suis un maître sot?

LA POPELINIÈRE.

Moi!... j'ai dit..?

[1] Vaucanson a une canne.

VAUCANSON, *avec bonhomie.*

Tu l'as dit... Mais je pense de même :
Va, va, c'était franchise, et c'est vertu que j'aime.
De quoi s'agit-il donc?

LA POPELINIÈRE.

J'ai su que Richelieu
S'introduisait la nuit chez ma femme.

VAUCANSON, *ingénuement.*

Ah! bon Dieu!
La nuit!... Eh! pour quoi faire?

LA POPELINIÈRE, *déconcerté.*

Ah!...

VAUCANSON, *commençant à comprendre.*

Comment! tu crois..? peste!
Oui dà! Très bien, l'ami : je devine le reste.

LA POPELINIÈRE.

Tout seul! En vérité?

VAUCANSON.

Comment, comment la nuit!
Mais en es-tu certain? Si c'était un faux bruit...

LA POPELINIÈRE.

Oh!...

VAUCANSON.

Enfin, si c'est vrai, que veux-tu que j'y fasse?

LA POPELINIÈRE.

Il entre quelque part : il faut trouver la place.

VAUCANSON.

Eh! mais, c'est tout trouvé : par la porte.

LA POPELINIÈRE.

Non, non.
Je suis sûr de mon suisse, il est bon.

VAUCANSON.

Il est bon?...
Par la fenêtre, alors.

LA POPELINIÈRE.

Est-ce qu'un duc s'expose?...

VAUCANSON.

(Montrant le haut de la cheminée.)
Par la cheminée.

LA POPELINIÈRE, se moquant de lui.

Oh!...

VAUCANSON.

En tout état de cause,
Ne cherche pas à voir les choses de trop près ;
Et si, sans le vouloir, parfois tu les voyais,
Dis-toi : Je n'ai pas vu... Cela ne peut pas être,
Non! et cela n'est pas.

LA POPELINIÈRE.

Mais on n'est pas le maître
De voir ou ne pas voir... Quand on voit cependant,

On voit... que faire alors?

VAUCANSON.

Se sauver lestement
Sur la pointe des pieds, de peur qu'on nous entende.

LA POPELINIÈRE.

C'est fort bien; mais après, qu'est-on?

VAUCANSON.

Belle demande!
On est ce qu'on est, dam! Mais est-ce qu'on l'est moins,
A faire du scandale, à prendre des témoins
Qui, pour nous obliger, crîront à son de trompe
Qu'avec le duc un tel notre femme nous trompe...
Puis, chacun de gloser, méchamment sur ses doigts
Compter tous les maris dupés depuis le mois,
En compter jusqu'à douze et même treize. « *Nombre*
« *Malheureux quoiqu'impair,* diront-ils, *toujours sombre,*
« *Même à table empêchant de trouver le vin bon;*
« *Quatorze arrive à point, et fait un compte rond;*
« *Qu'il soit le bienvenu, qu'au dessert on le fête!*
« *Il le mérite bien, c'est une forte tête,*
« *Un mari ciselé sur un maître patron.*
« *Que sur la matricule on inscrive son nom,*
« *Ses titres, qualités, son âge et domicile!*
« *Qu'on l'élève, en un mot, au rang de l'homme utile,*
« *De l'homme généreux, ne gardant rien pour soi,*
« *Pas même le trésor que lui donnait la loi.* »
. . . .
. . . .

Voilà les quolibets auxquels, toi, tu t'exposes,
En voulant de trop près voir comme vont les choses.

LA POPELINIÈRE.

C'est fort bel et bon, soit, mais avant l'accident;
Et je sais trop à quoi m'en tenir à présent.

VAUCANSON.

Ne va pas d'un tel conte ailleurs faire une histoire:
Car c'est le diable, après, pour empêcher d'y croire.
Allons donc, du moral! Pour prendre du chagrin
N'a-t-on pas devant soi toujours le lendemain?
Sot calcul que d'aller s'affliger avant terme!
Après, n'est déjà pas si bien compté. Tiens ferme!

(Entrée de Balot, à gauche; il écoute.)

Bah! Qui sait? Un hasard, quelque chose de neuf,
Peut te sauver.

LA POPELINIÈRE.

Quoi?

VAUCANSON.

Quoi?.. Le malheur d'être veuf,
Par exemple.

LA POPELINIÈRE, tristement.

Ah! bien, oui!

VAUCANSON.

Je te cite une chance....
Toi-même, ne peux-tu soudain faire vacance?

LA POPELINIÈRE.

Hein?

VAUCANSON.

Non... Un coup de sang... Une congestion!

LA POPELINIÈRE.

Au diable!

VAUCANSON.

Aimes-tu mieux une indigestion?

LA POPELINIÈRE.

La peste!

VAUCANSON, prenant le sens à la lettre.

Encore.

LA POPELINIÈRE.

Oh!

VAUCANSON.

Quoi?

LA POPELINIÈRE.

Que le diable t'emporte!

VAUCANSON, montrant Balot qui rit.

Tiens! le voilà, morbleu! Sur le seuil de la porte.

SCÈNE IV.

LA POPELINIÈRE, VAUCANSON, BALOT.

LA POPELINIÈRE.

Eh bien! mon cher Balot.

BALOT.

Rien, absolument rien.

LA POPELINIÈRE.

Tu vas te joindre à nous, Vaucanson ?

VAUCANSON.

Je veux bien.
Mon Dieu ! J'irai partout... Où d'abord ? Chez madame ?

LA POPELINIÈRE.

Elle est encor chez elle.

VAUCANSON, stupéfait.

Elle est ici, ta femme ?

BALOT, se moquant de lui.

Elle est là, sa femme.

VAUCANSON, atterré.

Oh !... Je me sauve.

BALOT, le retenant.

Un moment !

VAUCANSON.

A la mienne jamais si j'en faisais autant !
Juste Ciel ! pour un œil je n'en serais pas quitte ;
Elle m'arracherait les deux de leur orbite.
Madame Vaucanson !...

BALOT.

Madame Vaucanson
Te mène par le nez, comme un petit garçon.

LA POPELINIÈRE, à Balot.

L'escalier dérobé, l'as-tu vu?

BALOT.

Non: j'y pense;
Poussons-y tous ensemble une reconnaissance.

(La porte de la chambre de Mme de La Popelinière s'ouvre.)

LA POPELINIÈRE, du côté de la chambre de sa femme.

Voici ces dames.

VAUCANSON, fort inquiet.

Hein?... Madame Vaucanson
N'en est pas, par hasard, de ces dames?

BALOT.

Eh non!
Viens.

(Entrée de Mmes de La Popelinière et de Tencin.)

VAUCANSON.

Oui, sauvons-nous vite.

(Ils sortent par la porte latérale gauche, Vaucanson en tête, puis Balot, enfin La Popelinière.)

SCÈNE V.

Mmes DE LA POPELINIÈRE ET DE TENCIN [1].

Mme DE LA POPELINIÈRE.

Il a beau dire et faire :
Je ne sortirai pas.

Mme DE TENCIN.

Écoutez-moi, ma chère :
Si vous poussez plus loin ce fol entêtement,
Il ne faut plus compter sur moi dorénavant.
Croyez-moi bien, partez... votre intérêt l'exige.

Mme DE LA POPELINIÈRE.

Non : il veut que je reste.

Mme DE TENCIN.

Encor! partez, vous dis-je.

Mme DE LA POPELINIÈRE.

Si je pars, rentrerai-je? il va tout découvrir,
Puis me fermer la porte... oh! non! autant mourir!
Je puis tout affronter, tout, excepté la honte.

Mme DE TENCIN.

Mais la honte n'est plus, du moment qu'on l'affronte.
Or, moins, en pareil cas, on témoigne d'effroi,
Moins on donne de prise à l'ennemi sur soi.

[1] Entrée par la porte latérale droite ; Mme de Tencin la première.

Cachez donc vos frayeurs; qu'un courage factice,
A défaut d'autre, au moins couvre votre artifice.
Prenez congé gaîment, et devant votre aplomb
Faites rétrograder de cent pas le soupçon.
Venez...

Mme DE LA POPELINIÈRE.

Je le voudrais.. mais mon cœur bat.. Je n'ose.
A combien de chagrins ce Richelieu m'expose!
Encor s'il m'eut aimée, ou que moi-même.. ah! Dieux!
Je suis bien criminelle!

Mme DE TENCIN.

Où donc s'aime-t-on mieux?..
On s'aime comme on peut... c'est un scrupule étrange
Que le vôtre! on se voit, on se parle et s'arrange.
Mais est-ce de cela qu'il s'agit aujourd'hui?
Aimant ou n'aimant pas, vous êtes bien à lui :
Que son titre de duc, l'éclat qui l'environne,
Vous aient séduite, ou bien que ce soit sa personne,
Du chapitre *Accidens* l'honneur du cher mari
Est-il, au résumé, plus ou moins à l'abri?
Ma fille, il faut du cœur, et savoir se résoudre.
Que le nuage éclate, on impose à la foudre;
Elle épargne souvent l'esprit fort qui sourit,
Pour écraser auprès le faible qui pâlit.

Mme DE LA POPELINIÈRE.

Elle frappe le mont, fait grâce à la colline,
Et le chêne est tombé quand le roseau s'incline.

Mme DE TENCIN.

Hé bien, inclinez-vous, prosternez-vous, roseau!
Et de gaîté de cœur noyez-vous à fleur d'eau;
Plongez dans le limon, si telle est votre joie;
Mais n'allez pas, après, me crier : « Je me noie »!
Je serai sourde alors, ou si ma voix répond,
Insensible à vos pleurs, elle répondra : Non!

(On entend, à gauche, des coups de marteau, donnés contre la muraille.)

Mme DE LA POPELINIÈRE, après une légère pause.

Chut! les entendez-vous contre la boiserie
A grands coups redoublés exercer leur furie?

Mme DE TENCIN, après avoir prêté l'oreille.

Non : c'est dans l'escalier.

Mme DE LA POPELINIÈRE.

Si je pars cependant,
A cette cheminée ils vont en faire autant.

(Les coups de marteau redoublent.)

O mon Dieu! prends pitié de ma faute, et pardonne,
Pardonne... A ta bonté, mon Dieu, je m'abandonne.
Madame, sauvez-moi; de grâce, sauvez-moi!.
Chaque coup de marteau me tue... oh!..

(Mettant la main sur son cœur.)

Là, c'est froid!

Mme DE TENCIN.

Mon enfant, mon enfant!

(Les coups de marteau cessent.)

Mme DE LA POPELINIÈRE.

Laissez-moi, je vous prie,
Laissez-moi! que je meure!.. ils m'ont toute meurtrie.

Mme DE TENCIN.

Reprenez donc vos sens... c'est moi, moi, mon enfant,
Moi qui veux te sauver.

Mme DE LA POPELINIÈRE, comme folle d'espoir.

Me sauver!... ah! comment?

Mme DE TENCIN, voulant lui donner un avis.

Écoute...

Mme DE LA POPELINIÈRE, entendant des pas.

Les voilà!

Mme DE TENCIN, la prenant vivement au bras.

Que le danger t'inspire!
Compose ton visage, et tâche de sourire.

SCÈNE VI.

Mme DE LA POPELINIÈRE, Mme DE TENCIN, LA POPELINIÈRE, BALOT, VAUCANSON.

LA POPELINIÈRE, d'un air dégagé.

Compliment! c'est affaire à vous deux, ce matin,
Mesdames, pour mener la migraine bon train.

Mme DE TENCIN, feignant de l'aplomb.

L'honneur est à vous trois : vous faites un tapage
(Bas. A Mme de La Popelinière.)
A chasser de son lit un moribond... Courage!
(Haut. Aux trois hommes.) (A La Popelinière.)
C'est à n'y pas tenir, et je ne conçois pas
L'humeur de votre femme, à souffrir ce fracas...
Voyez-la donc, messieurs, et qu'un d'entre vous ose
Se charger de défendre une pareille cause!

(Elle montre l'endroit où l'on a frappé si rudement.)

Tout avocat qu'il est, maître Balot se tait,
Et monsieur Vaucanson...

VAUCANSON, vivement.

Pardon : je n'ai rien fait.

BALOT, à Vaucanson.

Nigaud!

VAUCANSON.

Hein?

Mme DE TENCIN, à La Popelinière.

Mais, monsieur de La Popelinière,
Sur quoi frappiez-vous donc d'aussi rude manière?

BALOT, prenant la parole, et faisant signe à La Popelinière de dire comme lui,

De son obscur réduit nous tirions un tableau...

LA POPELINIÈRE, continuant sur le ton de Balot.

Scellé dans la muraille, et qu'on prétend fort beau....

BALOT.

Une Desdemona...

Mme DE TENCIN, vivement.

Qu'à sa sombre furie
Le farouche Africain lâchement sacrifie.

BALOT, froidement patelin.

Elle était criminelle.

Mme DE LA POPELINIÈRE, tremblante.

Innocente!

LA POPELINIÈRE, à Mme de La Popelinière.

D'accord.
Que l'*Africain farouche* ait eu raison ou tort,
Ce tableau n'est pas moins une fort belle chose,
Et mérite, à coup sûr, qu'au grand jour on l'expose;
Je veux donc le placer dans votre appartement,
Et, si vous permettez, j'y vais entrer avant,
Ces deux messieurs aussi.

Mme DE LA POPELINIÈRE, troublée.

Chez moi! pourquoi donc faire?

Mme DE TENCIN, avec un ironique sang-froid.

Ces messieurs vont juger des effets de lumière.

LA POPELINIÈRE, paraphrasant les paroles de Mme de Tencin.

Des effets de lumière! Oui c'est fort bien, cela.

(A Balot et Vaucanson.)

Veuillez passer, Messieurs.

(A Vaucanson, qui hésite et regarde Mme de La Popelinière avec intérêt; l'appelant.)

Vaucanson!...

VAUCANSON.

Me voilà!

(Ils sortent par la chambre de Mme de La Popelinière [1].)

SCÈNE VII.

Mme DE LA POPELINIÈRE, Mme DE TENCIN.

Mme DE LA POPELINIÈRE.

Eh bien! que devenir? Dites, que vous en semble?
A force de chercher, ils trouveront.

Mme DE TENCIN.

J'en tremble!

Mme DE LA POPELINIÈRE.

C'est un parti bien pris, de ne rien ménager.
O mon Dieu!

Mme DE TENCIN.

D'un œil froid mesurons le danger.
Ils vont venir ici; pour braver la tempête,

[1] *Ordre de sortie*: Balot, Vaucanson attendu par La Popelinière, qui le fait passer devant lui.

Vous n'avez pas, ma chère, une assez forte tête ;
Alors esquivez-la : partez vite.

Mme DE LA POPELINIÈRE.

Partir,
Bien! Mais rentrer!

Mme DE TENCIN.

On frappe, et l'on se fait ouvrir.

Mme DE LA POPELINIÈRE, désespérée.

Ce Balot!...

Mme DE TENCIN.

Vous l'avez trop rudoyé, mon ange!
Vous l'avez abreuvé de mépris... Il se venge!

Mme DE LA POPELINIÈRE.

Mais sa femme?

Mme DE TENCIN.

Ah! sa femme... elle, c'est différent :
Elle aime Richelieu ; mais le plus rassurant,
C'est qu'ils ne savent rien... Pur instinct de vengeance!
Si Balot de la plaque eût connu l'existence,

(Montrant la cheminée.)

Au trébuchet hier il eût pris l'imprudent.
Pour madame Balot, oh! j'en réponds.

Mme DE LA POPELINIÈRE.

Comment?

Mme DE TENCIN.

C'est mon secret, ceci. Confiante et docile,

Laissez-vous donc guider. Or, rien de plus facile ;
Dites : Je pars... Et puis bon espoir et partez.
Allons vite ! En voiture, en voiture !... Arrêtez !
Un grand seigneur vous perd, qu'un grand seigneur vous sauv

(Vivement.)

Qu'il frappe, on ouvrira... L'occasion est chauve,
Dit le proverbe ; il faut la saisir aux cheveux :
Ventre à terre aux Sablons, pour-boire généreux,
Et puis, fouette cocher ! Que Saxe vous ramène.

Mme DE LA POPELINIÈRE.

Si, malgré leurs efforts, leur recherche était vaine,
Le maréchal saurait mon secret ?

Mme DE TENCIN.

Eh ! pourquoi ?
Sous un prétexte vague emmenez-le chez moi ;
Là, j'arrangerai tout pour le mieux... En voiture !

Mme DE LA POPELINIÈRE.

Et je pourrai rentrer, vous croyez !

Mme DE TENCIN.

J'en suis sûre :
Saxe, de votre Argus est le héros, le dieu.

Mme DE LA POPELINIÈRE.

Mais...

Mme DE TENCIN.

Point de mais... Allons, vite en voiture.. Adieu.

(Mme de La Popelinière sort par le fond.)

SCÈNE VIII.

Mme DE TENCIN seule, la voyant s'éloigner.

Partie!... A moi le reste! Étudiant l'orage,
Il faut, boussole en main, la sauver du naufrage.
Ce Balot, ce faiseur de libelles maudit,
Qui va croire un instant trouver la pie au nid
Derrière cette plaque, y trouvera sa femme!
Ils ne l'ont pas volé : leur conduite est infame!...
Richelieu s'est fait fort, quand midi sonnera,
(Montrant la cheminée.)
D'avoir là cette femme; il la haît, il l'aura :
Et nous, l'œil partout!
(Elle sort par la porte, à gauche, et se tient aux écoutes.)

SCÈNE IX.

VAUCANSON, LA POPELINIÈRE, BALOT.

LA POPELINIÈRE, croyant Mme de Tencin partie, et trouvant le terrain libre.

(A Balot.)
Ah!... C'est bien inconcevable.
Il entre quelque part cependant.

VAUCANSON, très-sérieusement.

C'est probable.

BALOT, raillant.

Bah!...

VAUCANSON, regardant Balot, puis continuant, comme s'il n'avait pas été interrompu.

Puisqu'il entre, il faut qu'il ait quelque secret:
Si l'on était sorcier, on le devinerait;
Mais on ne l'est pas.

BALOT, caustique.

Non!

VAUCANSON, contrefaisant la voix de Balot.

Ni toi non plus, mon maître.

(Reprenant sa voix naturelle.)

Plaideur de ton métier, voulant faire paraître
Un coupable innocent, jamais on ne te voit
Tourner à son profit tes études en droit.
En vain ton éloquence à pérorer s'enroue;
Elle mène toujours tes cliens à la roue:
Si bien, qu'en vérité, je me demande à quoi
Sont bons, toi t'en mêlant, messieurs les gens du roi.

BALOT.

Hein! Voyez-vous cela? la boîte à la malice!
Vaucanson qui s'en mêle!... Il est plein d'artifice,
Le mécanicien!

VAUCANSON.

Le mécanicien,
S'il n'est point un Voltaire, au moins le sait fort bien;
Tandis que l'avocat...

BALOT.

L'avocat!...

VAUCANSON.

Je m'arrête :
J'allais dire un gros mot, et ce n'est pas honnête.

BALOT, faisant contre fortune bon cœur.

Méchant!

LA POPELINIÈRE.

Ah! ça, mon cher, mon très-cher Vaucanson,
Je veux, entends-tu bien, redevenir garçon :
Car c'est un bagne affreux, qu'un si mauvais ménage;
D'y traîner mon boulet je n'ai plus le courage.
Cherche donc bien partout... Me revois-tu garçon?
Hein? Sans femme... Mon maître, heureux!... Plus de soupçon,
De chagrin! Tout plaisir, tout bonheur! Plus de femme!
Conçois-tu? Plus de femme!

VAUCANSON.

Oui; mais... Qu'au fond de l'ame,
On ait ces pensers-là, qu'on en cause avec soi,
Avec soi seul, fort bien; mais tout haut...

BALOT.

Eh bien, quoi?

VAUCANSON.

Un vieil adage a dit : Les murs ont des oreilles!
Moi, je le tiens pour dit, et pour dit à merveilles!
Est dangereux l'écho qui bavarde au logis!
Le soir, en y rentrant, gare le vis-à-vis!

BALOT, le montrant au doigt.

Le César des maris que voilà!

VAUCANSON.

Fais l'athée!
Quand madame Balot a la tête montée,
Si tu ne crois en Dieu, tu crois au Diable au moins.
Comme moi, je t'ai vu chercher les petits coins,
Mon brave!.. En quarante un, premier jour de l'année,
Je te vis ramené jusqu'à la cheminée
Par ta femme, un bâton vert-gaillard à la main.

LA POPELINIÈRE, riant.

Un bâton!

VAUCANSON.

Sa canne!...

BALOT, piqué.

Ah!

VAUCANSON, à La Popelinière.

Canne à bec de corbin!
(A Balot.)
Canne de procureur; alors selon ta charge,
(A La Popelinière.)
Au Châtelet, messire... Il fallait voir la charge,
Qu'au sieur Balot livrait sa touchante moitié,
Qui, de taille et d'estoc, sans merci ni pitié,
Espadonnait, sabrait, pointait en quarte, en tierce...

Et notre ami commun, le dos à la renverse,
Parant de l'abdomen, du flanc, du tibia!
Figurez-vous à droite, à gauche, au centre...

(Avec sa canne, espadonnant contre la cheminée qui est tout près de lui, à sa droite.

Ah! ah!...

Tiens, ça sonne creux!

(Il laisse tomber sa canne.)

LA POPELINIÈRE, s'approchant de Vaucanson.

Creux!

BALOT, frappant contre la plaque avec la canne de Vaucanson.

En effet!

VAUCANSON. Il s'est mis à genoux devant la plaque pour la mieux examiner.

O surprise!

O chef-d'œuvre! O miracle!

BALOT, à part, et content.

Ouf! serait-elle prise!

VAUCANSON, debout et arpentant la scène, suivi de La Popelinière et de Balot, qui attendent de lui l'explication de ce mystère.

Grand Dieu! je suis encore à l'A B C de l'art;
Vainement j'aurai fait digérer mon canard,
Et jouer de la flûte à mon cher automate,
Tout ce que j'ai conçu n'est qu'invention plate!

(Il s'agenouille. La Popelinière et Balot explorent la cheminée.)

A genoux Vaucanson ! à genoux, homme vain!
Tu te crus un géant, et n'es pas même un nain.

(Se retournant vers La Popelinière.)

Que c'est beau, merveilleux! vois donc, regarde!

LA POPELINIÈRE, s'éloignant.

Au diable!

BALOT, s'éloignant aussi, et riant à les voir tous deux. A part.

Ils sont bons, tous les deux.

VAUCANSON, avec enthousiasme toujours crescendo, et allant chercher La Popelinière.

Sublime! inconcevable!

LA POPELINIÈRE.

Peste soit du savant!

VAUCANSON, à tous deux.

Mes amis, admirez!
Cette plaque est mobile.

LA POPELINIÈRE, interdit.

Est mobile!

VAUCANSON.

Adorez!
Cet ouvrage est monté sur charnière.

LA POPELINIÈRE.

Charnière!

VAUCANSON.

Comme on n'en vit jamais à montre ou tabatière!...
Charnière...

LA POPELINIÈRE, perdant patience.

Auras-tu donc bientôt dit, triple fou?

VAUCANSON.

Elle s'ouvre..

LA POPELINIÈRE.

Elle s'ouvre!

VAUCANSON.

Oui bien, je le vois...

LA POPELINIÈRE.

Où?

Comment?... parle.

VAUCANSON.

Où? comment?.. je cherche.

LA POPELINIÈRE, s'avançant, et voulant donner du pied dans la cheminée.

Et moi, j'enfonce.

VAUCANSON, l'arrêtant, avec indignation.

Enfoncer!

BALOT, à part.

Ravissans!

VAUCANSON, à La Popelinière.

Enfoncer! ah! renonce;
Renonce à ce projet insensé, criminel;
Tu n'enfonceras point ce chef-d'œuvre immortel,
Tu me tûrais plutôt...

BALOT, à part, et riant.

J'en étouffe, j'en crève.

LA POPELINIÈRE.

A moi, Balot!

(Lui et Balot s'avancent vers la cheminée.)

VAUCANSON, se jetant à la traverse.

Jamais.

(La Popelinière et Balot frappent à coups de pied redoublés la plaque de la cheminée.)

Vous méritez la Grève,
Et vous irez un jour, Vandales!... un moment!...
(La plaque tombe.) (Désespéré.)
Grâce! J'ai le secret... Trop tard!... Hélas! Pourtant
C'est moi qui suis cause... Ah!...

(Il laisse tomber sa tête dans ses deux mains.)

LA POPELINIÈRE, regardant par la brèche, et croyant reconnaître pour la sienne une femme qu'on voit s'enfuir.

(Haut.)

Ma femme!

(Au comble de l'indignation, il s'éloigne.)

BALOT, qui a regardé aussi, mais a mieux vu, et a vraiment reconnu la sienne.

(A part.)

Ouf! C'est la mienne.

(Montrant La Popelinière, et s'éloignant vers la gauche[1]. A part.)

Laissons-lui son erreur, et que Dieu l'y maintienne!
Vaucanson n'a rien vu.

VAUCANSON, sur le devant de la scène, sortant de sa rêverie.

Dieu des beaux arts, pardon!

(Il retombe, absorbé par la plus profonde douleur.)

SCÈNE X.

RICHELIEU, VAUCANSON, LA POPELINIÈRE, BALOT.

LA POPELINIÈRE, apercevant Richelieu sur le seuil de la cheminée, et reculant de trois pas.

Oh!...

RICHELIEU, s'avançant[2].

Vive Dieu! Quel bruit, voisin! Qu'avez-vous donc?
Vous me battez en brèche!... Eh! sommes-nous en guerre?
Déclarez-la d'abord, que diable!

LA POPELINIÈRE, étouffant de colère.

Un commissaire!

[1] Vaucanson, La Popelinière, Balot.

[2] Vaucanson, Richelieu, La Popelinière, Balot.

RICHELIEU, riant.

Un commissaire!

LA POPELINIÈRE, s'en allant.

(Haut et à part.) (Au duc.)

Oui dà? ma chère femme!... Adieu.

RICHELIEU l'appelle; La Popelinière se retourne.

Monsieur, vous avez tort.

LA POPELINIÈRE, grommelant.

Bon!

RICHELIEU.

Foi de Richelieu...

LA POPELINIÈRE.

Du diable!

(Il sort par le fond.)

RICHELIEU, le regardant sortir.

(A part.)

Aveugle et sourd!

(Vaucanson est sorti de sa rêverie; il a tiré un crayon de sa poche, pris du papier sur la table, puis s'est mis à esquisser le plan de la cheminée. Durant toute la scène suivante, il va et vient du salon au boudoir de Richelieu, et du boudoir au salon; il est tout à son travail.)

SCÈNE XI.

VAUCANSON, RICHELIEU, BALOT.

RICHELIEU, à part.

A mons Balot.

(Haut. A Balot, et indiquant du doigt qu'il parle de La Popelinière qui vient de sortir.

Sa femme...
Il a, mordieu! mal vu; j'en jure sur mon ame.

BALOT, feignant de ne pas comprendre.

Qu'est-ce alors ?

RICHELIEU, feignant de ne pas connaître Balot.

Pas grand'chose.

BALOT.

Hein ?

RICHELIEU.

Non : l'on m'a surpris,
Volé, comme en plein bois; et, si j'ai bien compris,
Le maréchal de Saxe a des bontés pour elle;
Je le crois même en pied tout-à-fait chez la belle.
Il eut les goûts les plus égrillards, de tout temps,
Le brave maréchal! Dans les quartiers, les camps,
Toujours il recruta ses grivoises maîtresses,
Jamais, *même aujourd'hui*, ne s'en prit aux Lucrèces [1].

[1] Sortie de Vaucanson dans le boudoir de Richelieu.

Ce commerce, entre nous, arrange le mari...
Mons, mons... Le nom m'échappe, et pourtant j'en ai ri :
N'importe : un avocat, mais de la mince espèce ;
Pédant prétentieux, n'ayant point de noblesse,
De la morgue beaucoup, pas l'ombre de talent,
Et voulant, à tout prix, entrer au parlement.
Madame intrigue donc, et s'acquitte du rôle
Pas trop mal, sur ma foi ; car au fait elle est drôle,
La femme du bavard !... Elle entend bien le mot...
(Comme par réminiscence.)
Ah ! Balot ! Oui... J'y suis... *La Balot.*

BALOT, à part, et étouffant de colère rentrée.

La Balot !
(Haut.)
La Ba... me direz-vous ?...

RICHELIEU.

Oh ! je vas tout vous dire :
(A part.) (Haut.)
Payons-lui son bois vert... Ses yeux, pour me séduire,
Chaque jour se mettaient en frais prodigieux ;
Je doute qu'on ait fait jamais de pareils yeux...
Moi, je n'en voulais point ; mais, las de sa poursuite,
J'ai dit oui, pour en être une bonne fois quitte.
Je me suis donc, prenant bravement mon parti,
Par un tiers inconnu laissé conduire ici.
Mais au bon maréchal je suis prêt à la rendre :
Jamais à rien par là je ne veux plus prétendre.

BALOT, piétinant, furieux.

Vous ne connaissez pas ce Balot ?

RICHELIEU.

Non, ma foi !...
C'est bien assez sa femme.

BALOT.

Il se peut ; mais c'est moi.

RICHELIEU, jouant la surprise.

Vous !.. Alors compliment ! Votre femme est charmante !
On n'a pas plus d'esprit, de grâces !... Ravissante !
Et puis, comme elle fait vos honneurs !

VAUCANSON, sortant du boudoir, et s'occupant toujours uniquement de son plan.

Quel panneau !
En avoir défoncé le principal morceau !

(On entend du dehors un bruit d'hommes d'armes.)

RICHELIEU.

Le guet !... Bonsoir.

(Il se sauve par la cheminée.)

VAUCANSON, bas, et confidentiellement à Balot, lui montrant un bonnet de femme qu'il tire de sa poche. Mouvement de Balot qui reconnaît le bonnet.

Trouvaille !.. un bonnet de dentelle.

(Ingénuement. Persuadé que c'est le bonnet de Mme de La Popelinière.)

Le reconnais-tu pour celui de l'infidelle ?

(On entend parler du dehors.)

BALOT, arrachant vivement le bonnet des mains de Vaucanson, et le mettant dans sa poche.

Paix !

VAUCANSON, lui frappant doucement l'épaule, ému de son bon procédé.

Bien !

SCÈNE XII.

LA POPELINIÈRE, LE COMMISSAIRE, VAUCANSON, BALOT, LE GUET (quatre hommes et un caporal en tête), QUELQUES PAS EN ARRIÈRE.

LE COMMISSAIRE, à La Popelinière, près de la porte, en dehors.

Réfléchissez.

LA POPELINIÈRE, au commissaire, avec lequel il entre, suivi du guet.

Non : un procès-verbal !

Prise en flagrant délit !

LE COMMISSAIRE.

Sous le toit conjugal?

LA POPELINIÈRE, montrant la cheminée.

Non : mais de plain-pied, là.

LE COMMISSAIRE.

Quoi ! par la cheminée?..

Ils font des leurs partout les coucous, cette année.

LA POPELINIÈRE.

Que dites-vous?

LE COMMISSAIRE.

Je dis qu'avec mon maître-clerc
J'ai, dans le colombier, surpris ma femme hier.

LA POPELINIÈRE.

Eh bien! qu'avez-vous fait?

LE COMMISSAIRE.

Que voulez-vous qu'on fasse?

LA POPELINIÈRE.

Un bel et bon procès.

LE COMMISSAIRE, souriant.

Ce jourd'hui, l'an de grâce.
O! le superbe état!.. si la mode en venait,
Aux plus gros tabellions comme on en revendrait!
Comme on élèverait grandement sa famille,
Établirait son fils, et marîrait sa fille!
On roulerait carrosse... oui, je le roulerais,
Fussé-je, au pis-aller, commissaire au Marais!

LA POPELINIÈRE.

Bref! qu'avez-vous dit?

LE COMMISSAIRE.

« *Ouf!.. dans la grande famille!* »

VAUCANSON.

Et le maître-clerc?

LE COMMISSAIRE.

Rien... j'ai doublé sa roquille.

LA POPELINIÈRE.

Et votre femme enfin ?

LE COMMISSAIRE.

« *Nous comptions les pigeons.* »

VAUCANSON.

Ils comptaient les pigeons !

LA POPELINIÈRE, brusquement au Commissaire.

Monsieur, verbalisons.

LE COMMISSAIRE, au caporal.

En avant, caporal !

LE CAPORAL.

J'attends, mon commissaire :
Le magistrat devant, et la troupe derrière.
(Commandant.)
Portez armes !..
(A La Popelinière, Balot et Vaucanson.)
Baissez vos têtes, s'il vous plaît ;
Gare au front, mes bourgeois.
(A sa troupe, sur le ton du commandement.)
Et toi, *marche*, le guet !
(Ils sortent tous par la cheminée.)

SCÈNE XIII.

Mme DE TENCIN seule[1].

(Elle entre quand Balot sort par la brèche de la cheminée [2].)

Liguez-vous, puis chantez votre triomphe à table!
Force champagne! allez, c'est un vin fort aimable;
Mais tâchez qu'il le soit jusqu'au bout. Le flacon
Au bord est pétillant, mais la lie est au fond.
Jetons si bien entre eux la pomme de discorde,
Que si l'on pendait l'un, l'autre tirât la corde.
Rendons-les furibonds; et, qu'au fort de l'accès,
Ils tombent enlacés dans leurs propres filets.

(Elle sort par le fond. Le rideau tombe.)

[1] Entrée par la gauche.

[2] *Ordre de sortie :* La Popelinière, le commissaire, Vaucanson, Balot et le guet.

FIN DU DEUXIÈME ACTE.

ACTE TROISIÈME.

Salle à manger de La Popelinière. Une table servie à gauche ; une autre table à droite, couverte d'un tapis, et garnie de ce qu'il faut pour écrire.

SCÈNE I.

VAUCANSON, LA POPELINIÈRE, BALOT.

(On entend frapper, à coups redoublés, à la porte de la rue.)

LA POPELINIÈRE.

(A la cantonade.) (A Balot et Vaucanson.)
Frappe! frappe toujours! Et nous, encore un verre!
(A la cantonade.) (A Balot et Vaucanson.)
Frappe encore!... Il va bien, n'est-ce pas, mon Cerbère?
C'est le roi des portiers : le vrai *nescio vos !*
(On frappe plus fort.)
Bien! bien! C'est pour cela que sont faits les marteaux.
(Le bruit cesse ; on entend une voiture qui s'éloigne.)
(A la cantonade.)
En route!
(A Balot et Vaucanson, leur présentant son verre de champagne.)
A vos santés! A la douce espérance
D'en boire autant bientôt à votre délivrance!
Ne respires-tu pas, obstiné Vaucanson,
Déjà dans cet hôtel, un air pur de garçon,
Un air suave et doux, comme en rase campagne?

VAUCANSON.

Pas trop! Je trouve, moi, que ça sent le champagne.

BALOT, raillant.

Champenois,

VAUCANSON, piqué.

De Grenoble!... Enfant du Dauphiné,
Pas plus mouton qu'un autre... On t'a bien deviné,
La fleur des beaux esprits, pour troubler un ménage.

BALOT.

Comment?

VAUCANSON.

Tout cet éclat n'est-il pas ton ouvrage?
Quand le feu prend tout seul, pourquoi souffler à deux?

BALOT.

Souffler à deux! Technique!..

VAUCANSON.

(Haussant les épaules.) (A La Popelinière.)

Ah!.. Toi, sois généreux:
Où le crime n'est pas ne cherche pas le crime,
Et moque-toi d'un vil et perfide anonyme.
Favart en reçut un, l'autre soir, au caveau;
Il nous l'a lu lui-même. On a crié bravo!

LA POPELINIÈRE.

Et Favart?

VAUCANSON.

Il riait : poète et philosophe !

BALOT.

Par cet échantillon on peut juger l'étoffe.

LA POPELINIÈRE, à Vaucanson.

Moi, je suis financier, vois-tu ?

VAUCANSON.

Sans contredit :
Des plus cossus encor !

LA POPELINIÈRE.

Des plus *co*...

VAUCANSON, vivement.

ssus, j'ai dit...

(A La Popelinière.)

A propos, le voisin ?

LA POPELINIÈRE.

C'est un madré compère :
Il prétend que le duc n'est point son locataire.

VAUCANSON.

Accuse-t-il ta femme ?

LA POPELINIÈRE.

Il jure que c'est faux.

BALOT, inquiet, à part.

Diable !

VAUCANSON, à La Popelinière.

Eh bien?

LA POPELINIÈRE.

Je l'attends devant les tribunaux.

BALOT.

On frappe.

LA POPELINIÈRE.

A vos santés !

VAUCANSON.

L'on redouble.

LA POPELINIÈRE.

Bon signe :

Elle est dehors... Buvons.

(Ils se présentent leurs verres pleins.)

BALOT.

On force la consigne...

LA POPELINIÈRE.

Ce n'est pas elle alors.

SCÈNE II.

Mme DE TENCIN, VAUCANSON, LA POPELINIÈRE, BALOT [1].

Mme DE TENCIN, *s'avançant vers la table.*

Superbe, en vérité!
A table tous les trois, et tous trois en gaîté :
Voilà du carnaval en temps de pénitence,
Messieurs les débauchés!... Voyez l'impertinence :
Se gorger de champagne!...

LA POPELINIÈRE.

Eh bien, tant mieux!

Mme DE TENCIN.

Tant pis!
Nous avons du nouveau, messieurs, sur le tapis.

BALOT.

Voltaire, par hasard, s'est-il fait Moliniste?
Ou bien, de son côté, le pape Janséniste?
Au buste de Racine, à la cour, aurait-on
Volé quelques lauriers, pour en parer Pradon?
Ils sont gens à cela, les petits-pieds.

Mme DE TENCIN.

Sottises
Sur sottises, monsieur, que tant de vaillantises!
(*A La Popelinière, lui frappant sur l'épaule.*)
Mais, à vous, s'il vous plaît : n'êtes-vous pas honteux,

[1] *Position des convives* : La Popelinière au milieu de la table, faisant face, à gauche, à la cantonade ; à sa droite, Vaucanson, et à sa gauche, Balot, tous deux faisant face à droite.

Vous, qui me devez tant, que mes soins généreux
Ont fait et maintenu deux fois ce que vous êtes;
Vous, à qui je croyais des sentimens honnêtes,
A qui j'ai confié le bonheur d'une enfant
Qui de votre maison faisait tout l'ornement,
N'êtes-vous pas honteux d'afficher l'inconstance?

(La Popelinière ouvre de grands yeux, et écoute.)

A votre âge, monsieur, c'est pitié, c'est démence!..
Mais ce que je répute infâme, le voilà :

(La Popelinière se lève.)

Vous aviez une intrigue...

(Mouvement chez Balot et Vaucanson; stupéfaction chez La Popelinière.)

Un grand vous supplanta :
Vous êtes éconduit, congédié... La rage
Vous saisit à la gorge, et vous souffle au visage;
Vite, il faut vous venger, non pas du grand seigneur
(Non : vous êtes bien trop financier dans le cœur),
De tous, excepté lui... Trahi par sa maîtresse,
On se souvient qu'on l'eut, grâces à sa faiblesse,
Qu'elle porte toujours le nom de son mari;

(Regardant Balot.)

(Quand ce mari surtout passe pour votre ami...)

(Balot redouble d'attention, et se lève.)

Vous l'avez oublié... Comment! pour introduire
Cette femme chez vous, vous aviez fait construire
Dans la maison voisine un panneau clandestin!

(Au mot *panneau*, Vaucanson se lève et écoute avec le plus vif intérêt.)

LA POPELINIÈRE.

Moi!

Mme DE TENCIN.

Vous.

BALOT, fort intrigué.

Lui?

VAUCANSON, stupéfait.

Toi?

LA POPELINIÈRE.

J'étouffe!

VAUCANSON, naïvement.

Avale un peu de vin.

LA POPELINIÈRE.

Au diable!

Mme DE TENCIN, à La Popelinière.

Vous voilà confondu... Patience!
Vous n'êtes pas au bout.

LA POPELINIÈRE.

Ah! c'en est trop! Silence!

Mme DE TENCIN.

Quand une femme parle, on ne l'arrête pas
Quand on veut...

VAUCANSON.

Certes, non : après les avocats,
Les femmes...

Mme DE TENCIN, continuant.

Un panneau dans la maison voisine,

(Montrant La Popelinière.)

Disais-je. Alors, que fait monsieur? Il imagine
(N'osant pas attaquer de front le grand seigneur),
Il imagine, à froid, une triple noirceur :
Il fait par ses laquais épier cette femme ;
Puis, guette un rendez-vous du duc et de la dame...

BALOT, pensant à sa femme et au duc de Richelieu.

Du duc!

Mme DE TENCIN.

Puis, il les traque. Or, comme pour traquer
Il faut être plusieurs, qui fait-il convoquer?
Le mari!

BALOT, tout stupéfait.

Le mari?

Mme DE TENCIN.

Dans cet hôtel... J'achève :
On croirait que sa rage ici va faire trève ;
Point du tout : fatigué du trésor enchanteur
Qu'entre ses mains j'avais déposé par erreur,
Il veut à tous les yeux déshonorer sa femme :
C'est pour elle qu'on fit cette cachette infame!..
A cette œuvre du crime elle a donné les mains,
Elle!.. la pauvre enfant!.. Ah! sur les grands chemins,
Du moins on vous demande ou la bourse ou la vie ;
Ici, tout... cruauté, si ce n'est pas folie!..
Et bien! messieurs! buvez, si le cœur vous en dit,
Buvez donc!.. Mais pourquoi ce visage interdit,
Vous tous, vous, tous les trois?..

(A Vaucanson.)

Seriez-vous son complice,
Vaucanson?

BALOT, regardant Vaucanson avec colère.

J'en ferais bonne et prompte justice...
(A Vaucanson.)
Je ne sais à quoi tient que je ne t'étrangle.

VAUCANSON, reculant.

Hein?
Quel vertigo te prend! c'est un jeu fort vilain :
Dis d'abord tes raisons, et nous verrons ensuite.

BALOT, à La Popelinière.

A ce prix-là, monsieur, vous n'en serez pas quitte.

LA POPELINIÈRE, montrant Balot.

(Lui parlant.)
Voilà l'autre à présent! As-tu perdu le sens?
Vois-tu pas que le Diable a pénétré céans,
(Montrant Mme de Tencin.)
Et que, sous ce damné visage de Sibylle,
Il s'amuse à tourner notre champagne en bile?

BALOT.

Aux airs de faux-bonhomme on ne me prendra plus :
Je sais, je sais à quoi m'en tenir. Là-dessus
Mon thême est fait.

LA POPELINIÈRE.

Absurde.

BALOT, à Mme de Tencin.

Ah! jugez-en, madame.

(Montrant La Popelinière.)

Est-ce affreux? Non content de m'avoir pris ma femme,
Il m'invite à venir, le déloyal ami,
Pour me faire avaler ma honte en plein midi!

VAUCANSON, à Balot.

Avec un bon dîner... sois juste.

LA POPELINIÈRE, à Balot.

Esprit rebelle!
N'as-tu pas vu tantôt, de tes yeux, l'infidelle?

BALOT.

Oui, j'ai vu l'infidelle; oui, je l'ai vue.

LA POPELINIÈRE.

Eh bien!
Que viens-tu me chanter?

BALOT.

Je ne te chante rien;
Je te dis que j'ai vu l'infidelle.

LA POPELINIÈRE.

Ma femme...
Eh parbleu! nomme-la.

BALOT.

Double perfide trame!
Quand c'était la mienne!

Mme DE TENCIN, triomphante, et prenant acte de l'aveu de Balot.

Ah!..

LA POPELINIÈRE.

Pour le coup c'est trop fort!
Dites : pour me railler, êtes-vous tous d'accord?
Le financier, messieurs, serait bientôt votre homme.

BALOT.

Et l'avocat le vôtre.

VAUCANSON, allant se placer d'un air conciliateur entre La Popelinière et Balot [1].

Il est plaisant, en somme,
Que vous veniez chacun vous chamailler si haut,
A qui sera le plus, vous savez bien...

LA POPELINIÈRE.

Nigaud!
Il s'agit bien de ça! je vois où l'on me mène:
Je vais être un jaloux, c'est chose bien certaine,
Et ma femme un modèle, un ange de vertu!

VAUCANSON.

Cela vaut encor mieux qu'autre chose, vois-tu?

[1] Mme de Tencin, La Popelinière, Vaucanson, Balot.

LA POPELINIÈRE, à Vaucanson.

Enfin, qu'as-tu vu, toi?

VAUCANSON.

Moi, La Popelinière?
Deux objets...

LA POPELINIÈRE et BALOT, se rapprochant de Vaucanson.

Deux!

VAUCANSON.

(A La Popelinière.) (A Balot.)
J'ai vu la plaque et la charnière.

(La Popelinière et Balot s'éloignent brusquement.)

VAUCANSON, comme par réminiscence, bas à Balot.

Montre-lui le bonnet, tranche le différend.

(Balot met précipitamment la main à sa poche pour en tirer le bonnet de sa femme; lorsqu'il entend la voix du maréchal de Saxe, il reste pétrifié, renfonce la bonnet dans sa poche, fait signe à Vaucanson de se taire, et par précaution le fait passer à sa gauche [1].)

SCÈNE III.

Mme DE TENCIN, Mme DE LA POPELINIÈRE, LE MARÉCHAL DE SAXE, LA POPELINIÈRE, BALOT, VAUCANSON.

LE MARÉCHAL, donnant le bras à Mme de La Popelinière, et forçant la porte. A un laquais.

Le maréchal de Saxe entre partout, manant.

[1] Mme de Tencin, La Popelinière, Balot, Vaucanson.

(A Mme de La Popelinière.) (Au laquais.)
Veuillez entrer, madame. Eh bien !

LE LAQUAIS, annonçant.

Son excellence
Le maréchal de Saxe.

BALOT, à part.

Ouf !

(La Popelinière va au-devant du maréchal, le salue froidement, et lance à sa femme un regard de mépris.

LE MARÉCHAL, à La Popelinière.

J'étais sûr d'avance
Que pour moi votre porte allait s'ouvrir.

BALOT, regardant le maréchal, à part.

Bon dieu !
Lui, qui nous portait tant, tant d'intérêt !... Adieu
Ma place au parlement !

LE MARÉCHAL, à La Popelinière.

Eh bien, quelle nouvelle ?
Qu'apprends-je, mon ami ? perdons-nous la cervelle
De nous conduire ainsi ? Commander à vos gens
De ne plus recevoir votre femme céans !

(Mme de La Popelinière quitte le bras du maréchal.)

LA POPELINIÈRE.

Je suis le serviteur de votre seigneurie,
Vous êtes mon héros ; mais veuillez, je vous prie,

Réfléchir à ceci, monseigneur : Que chez soi,
Mince sujet qu'il est, le charbonnier est roi.

Mme DE TENCIN, bas à Mme de La Popelinière.

Tout va bien : Richelieu va venir... Vous, ma chère,
De l'aplomb.

Mme DE LA POPELINIÈRE.

(Bas à Mme de Tencin.) (Haut à La Popelinière.)
Ah ! j'ai peur. Calmez votre colère.

Mme DE TENCIN.

(A part.) (Bas à Mme de La Popelinière.)
Ciel !.. Perdez-vous la tête ?

Mme DE LA POPELINIÈRE, à son mari.

Écoutez, monsieur.

LA POPELINIÈRE.

Non.

Mme DE LA POPELINIÈRE, continuant.

Ah ! de grâce éloignez tout indigne soupçon.
Mais vous n'écoutez pas !.. Ici toutes les femmes
Souffrent de mon bonheur : il n'est donc point de trames,
Si lâches qu'elles soient, que leur dépit jaloux
N'ourdisse chaque jour contre moi, contre vous.
Votre bonheur, le mien, irritent leur envie ;
Il faut donc, à tout prix, que l'on nous sacrifie.
C'est mon cœur, mon cœur seul qui parle en ce moment ;
Car mes amis m'avaient conseillée autrement ;
J'ai suivi leurs conseils, mais je les désavoue ;

Toute à votre bonheur désormais je me voue...
Votre main !...

LA POPELINIÈRE.

Mes mépris...

LE MARÉCHAL, à La Popelinière.

Mon cher !..

Mme DE TENCIN, bas à Mme de La Popelinière.

Fâchez-vous donc.
Ferme ! ou c'est fait de vous.

LA POPELINIÈRE, à sa femme.

Sortez de la maison.

LE MARÉCHAL, désolé.

Oh, oh !

VAUCANSON, bas à Balot.

Eh ! le bonnet !..

(Balot serre Vaucanson au bras pour le faire taire.)

Mme DE LA POPELINIÈRE, ravisée et poussée par Mme de Tencin.

(Au maréchal.)

C'est à moi de répondre.

(A son mari.)

Un procédé pareil a de quoi me confondre !
Chez moi je veux rentrer... Un valet me dit : Non,
Et, je porte pourtant, comme vous, votre nom :

C'est La Popelinière aussi que l'on m'appelle.
Madame vaut monsieur... Que ce laquais rebelle
A l'instant soit chassé ; je l'ordonne et le veux,
Et puis, mon cher monsieur, maintenant à nous deux !

LA POPELINIÈRE.

Une femme de rien !

Mme DE LA POPELINIÈRE, avec fierté.

De Dancourt je suis fille :
Et ce nom seul vaut bien toute votre famille.
Le grand prince admettait mon père à son chevet :
Dancourt lisait assis, et Louis admirait,
Louis qui, du sommet de sa toute-puissance,
De son regard de roi balayait la finance.
Eh, qu'étiez-vous alors ? mince petit commis ;
A peine s'ils tombaient jusqu'à vous, ses mépris !

VAUCANSON, à part.

Oh ! la royale femme !

Mme DE LA POPELINIÈRE.

Êtes-vous en démence,
Quand ce serait à moi de porter la sentence,
De vous établir juge, et de me condamner ?

LA POPELINIÈRE, à tous, en colère.

Vous entendez-vous tous, pour me faire damner ?

VAUCANSON, bas à Balot.

Le bonnet, le bonnet.

(Même réponse de la part de Balot.)

Mme DE LA POPELINIÈRE, continuant.

A Passy je m'enterre
Pendant tout un automne, occupée à vous plaire,
A vous soigner, monsieur! Et, pour prix de mes soins,
Dont tous les habitans ont été les témoins,
Vous faites pratiquer je ne sais quel passage...

Mme DE TENCIN, à La Popelinière.

Qui doit favoriser votre libertinage,
Sans jamais déranger vos travaux financiers!
(Bas à Mme de La Popelinière.)
Attention!

BALOT, fort inquiet, à part.

Je suis dans mes petits souliers.

Mme DE TENCIN, montrant du doigt La Popelinière.

Pour jeter sur la chose un vernis plus cynique,
Quel lieu choisit monsieur?...

Mme DE LA POPELINIÈRE, l'interrompant et continuant.

Mon salon de musique.
(A son mari, avec hauteur.)
Là, mon pouvoir commence, et le vôtre a cessé.
J'en prends acte, monsieur : le vôtre est renversé.

VAUCANSON, bas à Balot, qui le serre encore plus fort au bras.

(A part, et fort étonné.)
Mais le bonnet!.. C'est drôle! il ne veut donc plus l'*être*.

Mme DE LA POPELINIÈRE, reprenant. A La Popelinière.

Dégoûté d'un objet, *que je n'ai pu connaître,*...

BALOT, à part.

Ouf! je respire.

Mme DE LA POPELINIÈRE.

Ou bien encor trahi par lui,
Vous avez voulu faire un grand coup aujourd'hui :
Surprendre cette femme, et vous l'avez surprise ;
Puis, en comédien grimacer la méprise ;
Puis, crier au scandale ; invoquer contre moi
Le guet, un magistrat, des témoins et la loi!..
On ne peut, j'en conviens, mieux conduire une affaire ;
Mais votre commissaire est *notre* commissaire ;
Des témoins! j'ai les miens : des sergens! dix pour un ;
Il en pleut!.. Et la loi!.. c'est le bien de chacun.

LE MARÉCHAL, à La Popelinière.

Voyez un peu jusqu'où la prévention mène!
Montrant Mme de La Popelinière.)
J'ai rencontré madame, à midi, dans la plaine,
Tous mes Hullands l'ont vue, et le procès-verbal
Déclare aussi midi.

LA POPELINIÈRE, incrédule.

Monsieur le maréchal...

LE MARÉCHAL.

Un *alibi,* mon cher.

LA POPELINIÈRE.

Mais...

LE MARÉCHAL.

alibi, vous dis-je!

LA POPELINIÈRE.

Mais enfin...

Mme DE TENCIN.

Alibi, vous dit-on.

LE MARÉCHAL.

Je m'afflige
De rencontrer chez vous tant d'obstination :
Un mot de moi toujours servit de caution;
Oui, La Popelinière, un seul devait suffire :
En voilà plus de cent qu'il m'a fallu vous dire!

VAUCANSON, voulant excuser La Popelinière.

Alibi, monseigneur! *pur alibi!*

LE MARÉCHAL, reconnaissant Vaucanson.

Tudieu!

(Il lui donne la main.)

C'est le cher Vaucanson! Touchez-là [1]! Mais parbleu!
D'aventure, étiez-vous à la terrible scène?
Hé bien! qu'est-ce?

[1] Vaucanson passe devant Balot, et change avec lui de numéro de place.

BALOT, empêchant Vaucanson de parler [1].

Il pleurait comme une Madeleine.
Cœur d'artiste! Il pleurait le panneau démoli;
Il n'a vu que cela, le savant... *Alibi!*

VAUCANSON, bas à Balot, piqué.

Hé! qui donc a trouvé le bonnet de ta femme?

SCÈNE IV.

Mme DE TENCIN, Mme DE LA POPELINIÈRE, RICHELIEU, LA POPELINIÈRE, LE MARÉCHAL DE SAXE, BALOT, VAUCANSON.

UN DOMESTIQUE, annonçant.

Monsieur de Richelieu [2].

LA POPELINIÈRE, mouvement de mécontentement fort prononcé.

(A part.)
Le duc!
(Il se promène de long en large.)

RICHELIEU, s'avançant vers Mme de La Popelinière.

J'accours, madame...
(Apercevant le maréchal. A part.) (Haut.)
Le maréchal de Saxe! Ah! bonjour, maréchal.

[1] Il reprend son numéro d'ordre. Le maréchal, entendant Balot, qu'il ne s'était pas donné la peine d'apercevoir, lui fait un léger salut de protection. Balot s'incline.

[2] Mouvement de satisfaction chez Mme de Tencin, qui, à la muette, le fait partager à Mme de La Popelinière. Mouvement de terreur chez Balot.

LE MARÉCHAL, lui donnant la main.

Duc, charmé de vous voir.

VAUCANSON, bas à Balot, suppliant.

Le bonnet!

BALOT, bas à Vaucanson, avec humeur.

Animal!

Veux-tu la perdre?

VAUCANSON.

Moi!

BALOT, bas.

Paix, donc!

RICHELIEU.

(A Mme de La Popelinière.)

Un commissaire
(Par égard, m'a-t-il dit, pour le grand dignitaire,)
M'est venu présenter certain procès-verbal,
Où l'on me fait jouer le rôle principal,
Rôle digne d'envie à coup sûr : on me prête,
Sur le papier du roi, la plus belle conquête
Dont jamais chevalier ait pu s'enorgueillir :
C'est votre cœur, enfin, qu'on m'y fait conquérir.
Voyez! Voilà pourtant comme on écrit l'histoire!...
Je ne puis me parer, moi, d'une fausse gloire :
C'est du laurier volé, que je ne puis porter,

Et qu'à vos pieds l'honneur me dit de rapporter.

LA POPELINIÈRE, se rapprochant, et reprenant sa place entre le maréchal et le duc.

Suis-je ensorcelé donc, ou bien fou ? Qu'on me dise
Si je suis fou, messieurs; alors qu'on m'interdise,
Et puis, pour en finir, que j'aille à Charenton.
Mais si cela n'est pas, si j'ai bien ma raison,
Toute ma tête à moi, vous voudrez bien me dire,
Tous, qui que vous soyez, quel démon, quel vampire
Vous ont poussés chez moi, vous ont donné mandat,
Pour y renouveler la scène du sabbat.

RICHELIEU et LE MARÉCHAL, riant.

Sabbat !

RICHELIEU, à La Popelinière.

Sabbat parlant, si la plainte est permise,
C'est bien à moi, j'espère.

LA POPELINIÈRE.

A vous !

RICHELIEU.

Non : galantise !
Braver le droit des gens ! A grands coups de bélier
Enfoncer les parois du temple hospitalier,
Où le dieu des amours venait sans méfiance
M'offrir un précieux quart-d'heure d'audience !

Mme DE TENCIN, bas à Mme de La Popelinière.

Partez.

Mme DE LA POPELINIÈRE.

Sans moi, messieurs, achevez ces débats...
(Au maréchal et au duc.)
Permettez...

(Elle salue et sort par une porte latérale, à droite.)

SCÈNE V.

Mme DE TENCIN, RICHELIEU, LA POPELINIÈRE, LE MARÉCHAL, BALOT, VAUCANSON.

Mme DE TENCIN, à La Popelinière, ironiquement, lui montrant sa femme que ses explications forcent de quitter la place.

Là!

LA POPELINIÈRE, montrant Mme de Tencin.

J'aurai toujours donc sur les bras
Ce Lucifer femelle!

VAUCANSON, à Mme de Tencin, lui montrant La Popelinière.

Excusez-le, madame.

BALOT, à part, désignant Richelieu.

Le duc osera-t-il compromettre ma femme?...
(A soi-même.)
Sot! j'en suis convenu.

Mme DE TENCIN.

Messieurs, écoutez-moi...

VAUCANSON, qui n'a point quitté Balot des yeux.

(A part.)
Balot pâlit!

Mme DE TENCIN.

Je vais vous expliquer pourquoi
Ce monsieur que voici, ce La Popelinière,
D'un commerce si doux jusqu'alors...

LA POPELINIÈRE, l'interrompant.

O Mégère
Des Mégères d'enfer!

Mme DE TENCIN, continuant.

Est si tigre aujourd'hui :
Le duc l'a supplanté.

RICHELIEU, souriant, et faisant l'étonné.

Moi! Quand donc?

Mme DE TENCIN.

Tantôt.

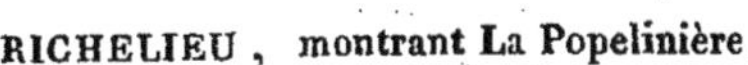

RICHELIEU, montrant La Popelinière.

Lui?

Mme DE TENCIN, montrant Balot.

Demandez à monsieur.

BALOT, à part.

Voici mon coup de grace.

LE MARÉCHAL, montrant La Popelinière.

Il court donc, lui !

Mme DE TENCIN.

S'il court !

LE MARÉCHAL, à La Popelinière.

Libertin !

RICHELIEU, au même.

Lovelace !

LA POPELINIÈRE, à Richelieu.

(Furieux.)
Monsieur le duc !..

RICHELIEU, à La Popelinière.

Parbleu ! cette fois c'est trop fort :
De moi soyez jaloux, fort libre à vous, d'accord ;
Mais, par emportement contre vos Dulcinées,
N'allez plus enfoncer, pour Dieu, les cheminées
Des boudoirs où je suis, y troubler mon repos !
Respectons nos voisins, fussions-nous leurs rivaux...
Mais surtout n'allez pas, faites-moi cette grace,
Toujours, pour Dieu, monsieur, si quelque rat vous passe,
N'allez pas pour témoin m'appeler le mari,
Et lui montrer sa femme... épargnez-nous ceci.

LE MARÉCHAL.

Comment donc, le mari?

RICHELIEU.

Le pauvre homme, en personne.

LE MARÉCHAL.

Bah! le mari!

Mme DE TENCIN.

Lui-même.

BALOT, au comble de l'embarras.

(A part.)

Aie!

LE MARÉCHAL.

Hé bien, elle est bonne!

Qui donc cela, Balot?

VAUCANSON, à part.

Il lui demande qui!

En voilà, par exemple, un fameux *alibi!*

BALOT, très bas au maréchal.

Vaucanson.

LE MARÉCHAL, tout haut, involontairement.

Vaucanson!

VAUCANSON, indigné [1].

Vaucanson !.. Qu'on musèle

(Montrant Balot.)

Ce loup enragé-là ; c'est Balot qu'il s'appelle.
Vaucanson !.. Malheureux ! c'est-à-dire que... Bah !
Si je ne m'étais pas cependant trouvé là,
Madame Vaucanson !.. quelle horrible infamie !
Vous passiez pour... Et moi, j'étais en effigie !..

(Le maréchal, le duc et Mme de Tencin éclatent de rire.)

(Au maréchal et au duc, leur montrant Balot.)

Messeigneurs, dans sa poche il a certain bonnet...

BALOT, portant précipitamment la main à sa poche.

Moi ! je n'ai rien.

VAUCANSON.

Pardon, ah ! pardon, s'il vous plaît ;
Vous avez quelque chose, en fort belle dentelle,

(Mettant la main sur la basque de l'habit de Balot.)

Là, là.

BALOT.

C'est mon mouchoir.

VAUCANSON.

Tu me la donnes belle
Avec ton mouchoir, monstre !

[1] Il passe devant Balot, et prend son numéro d'ordre.

RICHELIEU, à part, et riant.

Un cadeau de Saxe... Oh!

VAUCANSON.

Messieurs, c'est le bonnet de madame Balot.

LE MARÉCHAL ET LA POPELINIÈRE, à part.

(Saxe est beaucoup plus affecté que La Popelinière.)

De madame Balot!

(Balot regarde en dessous, avec une vive inquiétude, la physionomie du maréchal de Saxe.)

VAUCANSON.

Oui, la vilaine femme
A perdu, ce matin, son bonnet et son ame...
Si l'ame est à Satan...

(Tirant le bonnet de la poche de Balot, et faisant tomber de cette poche un billet, sans le voir.)

(Montrant le bonnet.)

J'ai le bonnet... Voilà!

LE MARÉCHAL, mystifié.

(A part.)

Donnez donc des bonnets, pour qu'on vous coiffe.

VAUCANSON, tout triomphant, mettant le bonnet sous le nez de Balot.

Ah! ah!

(Balot lui arrache le bonnet, le remet dans sa poche; Vaucanson continue, s'adressant à La Popelinière, lui montrant Balot.

Hein! Comme on reconnaît son bien dans la basoche!

Comme il reprend le sien, et le met dans sa poche!
Ah! madame Balot!.. C'était tout simple, au fait,
Qu'ayant perdu la tête, on perdît son bonnet.

(Il aperçoit le billet tombé, le ramasse et le lit[1].)

LE MARÉCHAL, à part.

Allez donc arranger les affaires des autres,
Pour voir comme on arrange en même temps les vôtres!

VAUCANSON, après avoir lu le billet.

Victoire! Du quatrain je tiens le canevas.
Quel travail à leur père ont coûté les ingrats!

(Comme par inspiration.)

Vers d'avocat!..tout noirs!..Mais qui commet un crime,

(Montrant Balot.)

En peut commettre deux : il a fait l'anonyme,
Ne peut-il avoir fait construire la plaque?

BALOT, tout stupéfait de ce coup inattendu.

Oh!

LA POPELINIÈRE, éveillé par le soupçon contre Balot.

Hein!

VAUCANSON, à La Popelinière.

Oui, quand vous étiez à Passy.

[1] Mme de Tencin, et Richelieu tourné de son côté, causent ensemble. La Popelinière arpente la scène, sur le second plan; et Balot confondu, occupe l'extrême gauche de la scène.

BALOT.

Quoi!..

Mme DE TENCIN, à part.

Bravo!

VAUCANSON, à La Popelinière, se plaçant à sa gauche[1].

Vois!.. Il aura voulu pénétrer chez madame;
Il voulait, sois-en sûr, t'escamoter ta femme,
Partager tour à tour et ta table et ton lit!
Il t'appelait *son cher*... le brigand, le bandit!.

BALOT, en colère, à Vaucanson.

Prends garde!

VAUCANSON, éffrayé, à La Popelinière, passant à sa droite, et lui montrant du doigt Balot[2].

Il te flattait sans pudeur et sans bornes,
Et par la cheminée il t'aurait fait les cornes!!

BALOT, furieux, et montrant le poing à Vaucanson.

Ah! Vaucanson...

VAUCANSON, se sauvant à la droite de Mme de Tencin[3].

Oui, c'est ce laid ramoneur-là,
Dont on n'a pas voulu, qui nous vaut tout cela.

[1] Mme de Tencin, Richelieu, La Popelinière, Vaucanson, le maréchal, Balot.

[2] Mme de Tencin, Richelieu, Vaucanson, La Popelinière, le maréchal, Balot.

[3] Vaucanson, Mme de Tencin, Richelieu, La Popelinière, le maréchal, Balot.

Mme DE TENCIN, regardant Balot.

Osez dire non.

VAUCANSON, triomphant.

Là!

LE MARÉCHAL, à Balot.

Le roi m'a fait la grace,
A son petit lever, et partant pour la chasse,
(Il tient un parchemin.)
De m'accorder ceci : c'est un siége vacant
Que sa toute bonté vous donne au parlement;
Tâchez de le remplir.....
(Il lui donne le brevet.)

BALOT, confus et s'inclinant bien bas.

Ah! monseigneur!

LE MARÉCHAL.

Silence!
Du moindre compliment, monsieur, je vous dispense.

VAUCANSON, à part.

Bien!

LE MARÉCHAL, continuant.

Ma porte vous est fermée à tout jamais :
Des hommes comme vous chez moi n'ont point accès.

LA POPELINIÈRE, à Balot, s'avançant sur lui.

Va-t'en, infame auteur d'un infame libelle.

VAUCANSON, à Balot.

Va-t'en... Machiavel!

LA POPELINIÈRE, à Balot.

Sors bien vite, ou j'appelle.

Mme DE TENCIN, à Balot, lui faisant un geste significatif.

Du bois vert!

BALOT.

Quel affront pour tout le parlement!
Je ne sortirai pas...

(Le maréchal lui montre la porte.)

Je m'en irai.

Mme DE TENCIN.

Charmant!...

RICHELIEU.

Frappant de ressemblance!... il est bien de la clique;
Comme il a pris au vol les airs de la boutique!

BALOT, furieux, à Richelieu.

Le parlement boutique!

(Au maréchal.)

Excellence, pardon,

(A Richelieu.) (A Vaucanson.)

Tout mon sang bout.. Adieu... Monsieur de Vaucanson,
Je te reverrai, toi.

(Il sort par le fond.)

VAUCANSON, haussant les épaules.

C'est bon.

SCÈNE VI.

VAUCANSON, Mme DE TENCIN, RICHELIEU, LE MARÉCHAL DE SAXE, LE COMMISSAIRE, LA POPELINIÈRE, et plus tard Mme DE LA POPELINIÈRE.

UN DOMESTIQUE, annonçant.

Le commissaire.

LA POPELINIÈRE, à part.

Voilà pour m'achever! quelle figure faire?

LE COMMISSAIRE, apercevant le maréchal.

Monsieur le maréchal de Saxe! (Il s'incline.)

(Apercevant Richelieu.)

Monseigneur!..

(Il s'incline.)

(A La Popelinière [1].)

Votre procès-verbal est en règle, monsieur.

Mme DE LA POPELINIÈRE, vers le milieu de la scène.

(Au commissaire).

Et le mien?

LA POPELINIÈRE, à part.

Quoi! le sien!

[1] Entrée de Mme de La Popelinière, par la porte latérale, à droite.

LE COMMISSAIRE, à Mme de La Popelinière.

Il est tout prêt, madame;
Fort pressé, je l'ai fait copier par ma femme;
Elle m'a bien promis d'y mettre tous ses soins.

Mme DE LA POPELINIÈRE.

Donnez.

LE COMMISSAIRE, à Mme de La Popelinière.

Veuillez d'abord désigner vos témoins.

(Il va s'asseoir devant la table, à droite.[1])

Mme DE LA POPELINIÈRE.

Madame de Tencin, et leurs deux Excellences.

VAUCANSON, s'avançant vers la table.

Jacques de Vaucanson.

LA POPELINIÈRE, à Vaucanson.

Toi!

VAUCANSON, sans répondre à La Popelinière.

Docteur-ès-sciences,
Académicien.

LE COMMISSAIRE, fort surpris, à Vaucanson.

J'ai déja votre nom...

[1] Vaucanson, le commissaire assis, Mme de Tencin, Mme de La Popelinière, Richelieu, le maréchal, La Popelinière.

Mme DE TENCIN, l'interrompant.

Sur l'autre acte? *Alibi!*.. Celui-là, c'est le bon.

LE COMMISSAIRE.

Mais...

LA POPELINIÈRE, s'avançant vers la table du commissaire [1].

Le Riche, écuyer, de La Popelinière,
Fermier-général.

LE COMMISSAIRE, stupéfait.

Quoi!

LA POPELINIÈRE.

C'est la seule manière
De peur de me mouiller, je me jette dans l'eau.

LE COMMISSAIRE, regardant Mme de La Popelinière.

Ah! la rivière est douce, et son lit doit...

VAUCANSON, lui frappant sur l'épaule.

Tout beau,
Commissaire!... Gaillard!...

LE COMMISSAIRE.

Ma joie est indiscrète,
Mais j'ai tant de plaisir, dam! à voir la paix faite..

[1] Vaucanson, le commissaire, La Popelinière, Mme de Tencin, Mme de La Popelinière, Richelieu, le maréchal.

LA POPELINIÈRE, à sa femme.

Faut-il m'humilier pour l'obtenir?

Mme DE LA POPELINIÈRE.

Mais[1]... Non.

LA POPELINIÈRE.

(A part.) (Haut, prenant le procès-verbal.)

Tout-à-l'heure à mon tour. Déchirerai-je?

Mme DE LA POPELINIÈRE.

Oui.

LA POPELINIÈRE, à part.

Bon!

(A part.) (Il déchire le procès-verbal.)

Anéanti!

TOUS.

Vivat!

Mme DE TENCIN, montrant La Popelinière.

Il est donc raisonnable,

A la fin, notre ami.

LA POPELINIÈRE, caustique.

C'est bien peu charitable.

LE MARÉCHAL, à La Popelinière et à sa femme.

Allons, mes bons amis... Vivez en paix... Adieu.

[1] Mme de Tencin prend la main gauche de La Popelinière et la droite de Mme de La Popelinière, et les met l'une dans l'autre. Elle s'est placée entre La Popelinière et sa femme.

(A Richelieu.)
Me jetez-vous chez moi, monsieur de Richelieu?

RICHELIEU.

(A Mme de La Popelinière.)
Duc, j'allais vous l'offrir. Mes hommages, madame.
(Le maréchal et Richelieu sortent par le fond.)

VAUCANSON.

Je vais au Luxembourg, moi, promener ma femme.
(Le commissaire et Vaucanson sortent par le fond.)

SCÈNE VII.

LA POPELINIÈRE, Mme DE TENCIN, Mme DE LA POPELINIÈRE.

LA POPELINIÈRE, à Mme de Tencin.

Madame de Tencin, il fait beau temps...

Mme DE TENCIN.

Après.

LA POPELINIÈRE.

Si j'étais chez vous...

Mme DE LA POPELINIÈRE, a part.

Ciel!..

Mme DE TENCIN.

Hé bien ! quoi ?

LA POPELINIÈRE.

Je prendrais
Ma canne et mon chapeau, tout cela sans mot dire,
(Montrant la porte.)
Et puis... Vous comprenez !...

Mme DE TENCIN.

Ah ça, vous voulez rire !

LA POPELINIÈRE.

Oui, rire!.. Avec cela, je suis d'une gaîté...
Folle!
(Il sonne.)

Mme DE TENCIN.

Vous sonnez!..

LA POPELINIÈRE.

Oui.

Mme DE TENCIN.

Pourquoi ?

LA POPELINIÈRE.

L'honnêteté
Veut que votre cocher sache que sa maîtresse

(A un laquais qui entre.)

Va monter en voiture, et partir.... Qu'on se presse!

(Il montre Mme de Tencin.)

Les chevaux de madame.

Mme DE LA POPELINIÈRE, effrayée, à part.

Eh! mon procès-verbal!

LA POPELINIÈRE, offrant son bras à Mme de Tencin.

Quand madame voudra descendre.

Mme DE TENCIN, repoussant le bras de La Popelinière.

Adieu, brutal.

(Elle sort par le fond.)

LA POPELINIÈRE, l'accompagnant du geste et de la voix.

(Ironique.) (A sa femme.)

Alibi!.. Cinq, dix, vingt mille livres de rente,
Cela vous convient-il?

Mme DE LA POPELINIÈRE.

Quoi!

LA POPELINIÈRE.

Vous en voulez trente!
Vous les aurez.

Mme DE LA POPELINIÈRE.

Monsieur!...

LA POPELINIÈRE, durement.

Moins haut!.. Baissez les yeux.

Vos ducs ne sont plus là : nous sommes seuls tous deux.
Baissez-les... Dans une heure, au plus, vous serez prête;
Puis en route.

Mme DE LA POPELINIÈRE.

(A part.)

La foudre éclate sur ma tête !

(Haut, mais timidement.)

Quel crime ai-je commis ?

LA POPELINIÈRE, haussant la voix.

Ah ! quel crime !..

Mme DE LA POPELINIÈRE, effrayée.

Non, non !..

LA POPELINIÈRE.

Vous demandez quel crime ?..

Mme DE LA POPELINIÈRE.

Oh ! non... rien, rien... pardon !

LA POPELINIÈRE.

A quoi bon m'implorer ? Vous n'êtes plus ma femme.

Mme DE LA POPELINIÈRE, atterrée.

Le lieu de ma retraite ?

LA POPELINIÈRE, avec mépris.

Où vous voudrez, madame.

FIN.

PARIS. — IMPRIMERIE DE CASIMIR, RUE DE LA VIEILLE-MONNAIE, N° 12,
près la rue des Lombards et la place du Châtelet.